LIEBE MICH, COWBOY

Die Cowboys von Mule Hollow Serie

DEBRA CLOPTON

Liebe mich, Cowboy

Trace Crawford hatte nicht vorgehabt, jemandem das Herz zu brechen. Doch als Paisley Nortons Kusine seine Freundlichkeit missversteht, passiert genau das. Es versteht sich von selbst, dass Paisley einen tiefen Groll gegen ihn hegt … doch er weiß, dass sie ein Herz für Kinder hat und als er plötzlich das vorübergehende Sorgerecht für seine kleine Nichte zugesprochen bekommt, ist er auf Hilfe angewiesen … Paisleys Hilfe.

Der letzte Mensch, von dem Lehrerin Paisley Norton erwartet hätte, um Hilfe gebeten zu werden, ist dieser Herzensbrecher. Nun muss sie dafür sorgen, dass nicht auch ihr Herz gebrochen wird, denn sie kann seine Bitte, ihm dabei zu helfen das Sorgerecht für seine Nichte zu bekommen, nicht abschlagen.

Schnell fliegen die Funken, während die ganze Stadt zuschaut – kann die gemeinsame Sorge um das Wohlergehen des kleinen Mädchens diese beiden Herzen vereinen?

Hinweis: Dieses Buch wurde zuvor als *A Mule Hollow Match* veröffentlicht.

KAPITEL EINS

Dafür, dass sie noch recht jung war, war sie ein ganz schöner Wildfang. Das Funkeln in ihren smaragdfarbenen Augen schien anzudeuten, dass sie jeden Moment explodieren würde. Und das nur wegen ihm.

Trace Crawford beobachtete, wie sie von ihrem Auto auf ihn zukam. Er nahm den Stetson vom Kopf und bereitete sich auf das Schlimmste vor. Es war kein Geheimnis, dass er der letzte Mensch war, den Paisley Norton auf ihrer Veranda erwarten *oder wollen* würde – in diesem Punkt war er mit ihr ganz einer Meinung.

Er verlagerte sein Gewicht und vernahm wie zum Hohn das fröhliche Klingeln seiner Sporen … ha, die kommenden Minuten versprachen, alles andere als fröhlich zu werden.

Es hatte eine Zeit gegeben, in der er geglaubt hatte, der Kopf auf seinen Schultern täte seine Sache recht gut. Nun tat er das nicht mehr und so ziemlich jeder in Mule Hollow hätte dem zugestimmt. Applegate Thornton und Stanley Orr, die beiden alten Männer, die immer in Sam's Diner rumhingen und jedem ihre Ansicht über Gott und die Welt mitteilten, taten das auf jeden Fall. Sie hatten Trace' Ausrutscher als „Höchstmaß an Idiotie" bezeichnet, um Applegate wortwörtlich zu zitieren. Und Trace war da vollkommen seiner Meinung.

Mehr als alles andere wünschte er sich, er könnte ungeschehen machen, dass er Paisleys Kusine gebeten hatte, ihn zu heiraten.

Sicher, er war in Panik gewesen, aber was hatte er sich nur dabei gedacht?

Du hast an deine zweijährige Nichte gedacht. Und daran, dass du immer noch keine Ahnung hast, wie du es anstellen sollst, dich um sie zu kümmern.

Das stimmte. Aber trotzdem … wie hatte er bloß alles dermaßen durcheinanderbringen können?

„Was machst *du* denn hier?", fauchte Paisley und machte einen großen Bogen um ihn herum, nachdem sie die Veranda betreten hatte.

Da er ihr nicht die Gelegenheit geben wollte, ihm die Haustür ins Gesicht zu schlagen, schob er sich vor sie und versuchte, ihr den Weg zu versperren. „Ich brauche deine Hilfe", sagte er, woraufhin ihre Augen vor Verachtung aufflammten. Sie hob ihr Kinn.

„Nein!" Die Luft vibrierte, so wütend war sie. Er wollte etwas sagen, aber sie stieß ihn gegen die Brust und schob ihn auf die Verandastufen zu.

„Ist es nicht schon schlimm genug", stieß sie durch ihre perfekten weißen Zähne hervor, „dass ich dich jeden Tag in der Stadt sehen muss? Jetzt dringst du auch noch in mein Grundstück ein." Sie riss ihren Arm hoch und zeigte auf die Straße. „Verschwinde. Geh weg. Oder ich rufe Brady an."

Brady war der Sheriff von Mule Hollow und ein guter Freund von ihm. Doch Trace wusste, dass Brady in diesem Fall seine Arbeit tun und ihn zum Teufel jagen würde. Und wenn es bei dieser Aktion nur um ihn gegangen wäre, dann hätte Trace diese Veranda ohne einen weiteren Gedanken zu verschwenden verlassen und wäre gegangen – er wäre gar nicht erst hierhergekommen.

Aber hier ging es nicht um ihn.

Es ging um seine kleine Nichte. All sein Handeln drehte sich um sie, seit er vor zwei Monaten von ihrer Existenz erfahren hatte. Sie brauchte Unterstützung, die er ihr nicht geben konnte und da er der einzige Mensch war, der ihr auf dieser Welt geblieben war, hatte er beinahe augenblicklich der Kusine dieses Hitzkopfs hier einen Heiratsantrag gemacht … und dieser unglückselige Antrag hatte den Stein ins Rollen gebracht.

Doch jetzt gab es kein Zurück mehr und sie würde sich anhören müssen, was er zu sagen hatte. „Ich gehe nirgendwohin", sagte er bestimmt, wohl wissend, dass seine Augen wie Stahl blitzten.

Sie runzelte die Stirn und ihre von langen Wimpern umkränzten Augen verengten sich zu schmalen Schlitzen. „Hör mir zu", fauchte er, dann bemühte er sich, seine Frustration im Zaum zu halten, kämpfte darum, besonnen zu bleiben und nicht den Kopf zu verlieren. Konnte sie nicht vernünftig sein? Konnte sie sich nicht zumindest anhören, was er zu sagen hatte, anstatt sich wie ein weiblicher Rambo zu benehmen? „Zoey hat mehr durchgemacht, als ein kleines Mädchen durchmachen sollte. Es ist mir gleich, dass du mich hasst – aber ich *brauche* deine Hilfe –"

„Wenn du hergekommen bist, um nun *mich* zu fragen, ob ich dich heirate, dann schlage ich dich!"

„Dich heiraten? Mal langsam, Lady." Er ließ seinen Blick an ihr herabgleiten und bemerkte ihre kampfbereite Haltung. Er platzte mit dem heraus, was ihm als Erstes in den Sinn kam: „Das ist so ziemlich das Letzte, was ich jemals tun würde."

Die Worte waren ihm reflexartig über die Lippen gekommen. Schließlich war es diese Frage gewesen, die das ganze Schlamassel überhaupt ausgelöst hatte! Er hatte nicht vor, denselben Fehler noch einmal zu begehen. Und schon gar nicht mit Paisley. Er war sich ziemlich sicher, dass sie ihn stattdessen lieber an einen

Feigenkaktus binden lassen würde.

Überrascht stellte er fest, dass sie erst blass wurde und sich dann zwei leuchtend rote Flecken auf ihren markanten Wangenknochen abzuzeichnen begannen. „Wa … warum bist du dann hier?", fragte sie und im wirbelnden Grün ihrer Augen entdeckte er eine Verwundbarkeit, die ihn überraschte.

Hatte er sie in Verlegenheit gebracht? Er unterdrückte den Impuls, zurückzurudern und zu versuchen, seine Worte zu erklären, denn er hatte jegliches Vertrauen in seine Fähigkeit, die Dinge nicht noch weiter zu verkomplizieren, verloren. Deshalb fuhr er fort.

Mit allem herauszurücken schien ihm die beste Option zu sein.

„Ich bin gekommen, weil ich dir einen Job für den Sommer anbieten möchte."

„Einen Job", spottete sie. „*Ich* soll für *dich* arbeiten? Ha!"

Ihre Reaktion überraschte ihn nicht. In der Tat hatte er genauso reagiert, als ihm die Frauen in der Stadt Paisley als die perfekte Person für diesen Job vorgeschlagen hatten. Was? Doch es gab keine Alternativen. Selbst wenn Mule Hollow über eine Fülle an Babysittern im Teenageralter verfügt hätte, was nicht der Fall war, so war dies doch kein Job für einen Jugendlichen. Und aus Gründen, die sich ihm nicht erschlossen, war keine der älteren Frauen verfügbar gewesen.

„Die Umstände lassen mir keine andere Wahl." *Deshalb stehe ich nun hier, nicht weil ich will, sondern weil ich muss.*

Die Last der Verantwortung drohte ihm den Atem zu rauben, so als trüge er die Last der ganzen Welt auf seinen Schultern – und so war es ja auch. Die Welt eines kleinen Mädchens lastete auf seinem Rücken. „Die Sozialarbeiterin, die den Fall meiner Nichte bearbeitet, kommt zu einem letzten Besuch, bevor ich endlich das Sorgerecht für Zoey erhalte. Ich muss den Nachweis erbringen, dass es jemanden gibt, der zuverlässig für sie sorgt. Außerdem brauche ich jemanden, der mir zeigt, was ich tun muss, denn ich habe nicht den Hauch einer Ahnung, was mich erwartet."

Paisleys Gesichtsausdruck verriet ihm, dass sie nicht eher für ihn arbeiten würde, als das Schweine lernten, wie man flog.

„Ich verstehe, warum du mich so anstarrst", sagte er und rieb sich die verkrampften Muskeln in seinem Nacken. „Aber die Frauen haben gesagt, dass du einen Job brauchst und, nun ja, du bist Lehrerin. Wenn du nicht gerade mit mir redest, scheinst du ein ziemlich netter Mensch zu sein."

„Wow, ein Charmeur bist du auch noch! Ein richtiger Don Juan."

Nein, er war ein Idiot! „So habe ich das nicht gemeint." Er suchte nach den richtigen Worten. „Es tut mir leid. Das tut es wirklich."

„Nun", fauchte sie erzürnt. „Wenigstens hast du endlich mal etwas gesagt, worüber wir uns einig sind. Es sollte dir auf jeden Fall leidtun."

Trace nickte. „Das habe ich verdient." Schließlich hatte sie recht.

Er hatte ihre Kusine mit seinem schlecht durchdachten Antrag buchstäblich aus der Stadt gejagt. „Ich verstehe, dass du nicht viel von mir hältst, aber wir reden hier über ein unschuldiges kleines Mädchen. Und die älteren Damen haben gesagt, ich hätte dich in gewisse finanzielle Schwierigkeiten gebracht, als ich dafür gesorgt habe, dass Rene die Stadt verlässt."

Weiter so, du Idiot. „Ich meine", setzte er erneut an, „sie haben mich darauf hingewiesen, dass du Lehrerin bist und den Sommer über nichts zu tun hast. Nun, du wärst die perfekte Person, um mir und Zoey zu helfen."

Wenn sein Großvater ihn jetzt hören könnte, wie er geradezu unterwürfig um Hilfe bat, wie er es genannt hätte, der mürrische alte Mann würde sich in seinem Grab umdrehen. Ein Mann sprach nicht über seine Unzulänglichkeiten, schon gar nicht gegenüber einer Frau. Aber Trace konnte nur an Zoey denken und daran, was er selbst für einen miesen Vormund abgeben würde. Er musste jemanden finden, der Ahnung von kleinen Mädchen hatte – der wirklich Bescheid wusste.

„Ich brauche jemanden, der mir hilft, für sie zu sorgen und mir gleichzeitig beibringt, was ich tun muss."

Sein Magen verkrampfte sich bei dem Gedanken daran, welches Schlamassel sein verwitweter Großvater angerichtet hatte, als er ihn und seine Schwester allein großgezogen hatte. Trace wusste, dass es Stephanies Tochter nicht besser ergehen würde, wenn er bei der neuentdeckten Herausforderung des Vaterseins keine Hilfe bekäme. Er konnte immer noch kaum glauben, dass seine Schwester tot war. Oder dass sie sich nie die Mühe gemacht hatte, ihm zu sagen, dass er eine Nichte hatte. Er hatte vor langer Zeit aufgehört zu versuchen, Stephanie zu verstehen und hatte gedacht, sie hätte ihn bereits auf größtmögliche Weise verletzt. Aber die Tatsache, dass sie Mutter geworden war und ihm das nicht mitgeteilt hatte, schmerzte ihn mehr als alles, was sie zuvor getan hatte. Und auch mehr als alles, was seine Eltern jemals getan hatten.

Wenn der Sozialdienst ihn nicht aufgespürt hätte, hätte er niemals von Zoey erfahren. Er hätte niemals die Chance bekommen, ihr zu helfen.

Was hast du dir nur dabei gedacht, Steph?

Hatte seine verquere Schwester ihn so sehr

gehasst, dass sie es vorzog, ihre kleine Tochter in dem Glauben zu lassen, sie hätte keine Verwandten?

Sein Herz schmerzte bei diesem Gedanken. Er würde es bis an sein Lebensende bereuen, dass er nicht mehr für Steph getan hatte, aber für Zoey würden die Dinge anders laufen. Er hatte eine zweite Chance bekommen und wollte alles in seiner Macht Stehende tun, um diesem kleinen Mädchen einen guten Start ins Leben zu ermöglichen. Auch wenn das bedeutete, diese sture Frau vor ihm anzuflehen. Er holte tief Luft und bat: „Paisley, bitte hilf Zoey!"

Seit zwei Monaten hatte Paisley quasi nur aus Wut bestanden – *zwei ganze Monate* – und das alles nur wegen diesem Cowboy. Er hatte ihren und Renes Lebenstraum ruiniert, sich gemeinsam in einer kleinen Stadt niederzulassen und dort Familien zu gründen. Er hatte ihre Kusine aus der Stadt vertrieben – und mit seinem herzlosen Mangel an Sensibilität ihrer beider Traum zerstört!

„Das ist absurd", sagte sie ungläubig und

ignorierte die Verzweiflung in seinen rauchfarbenen Augen. „Ich kann nicht für dich arbeiten."

Seine rauchigen Augen, kombiniert mit den sandfarbenen Locken und dem wie gemeißelt wirkenden Kinn machten diesen Mann zu einer ernsthaften Konkurrenz für den gutaussehenden Country-Star Dirks Bentley. Das Zusammentreffen jungenhaften Aussehens und dieser unvergesslichen Augen hatte dieses Schlamassel überhaupt erst ausgelöst. Rene hatte nur einen Blick auf ihn geworfen, als sie und Paisley ihn das erste Mal in Sam's Diner gesehen hatten und schon war sie bis über beide Ohren in ihn verliebt gewesen – es hatte nichtsdestotrotz mehrere Wochen gedauert, bis Trace Rene überhaupt wahrgenommen hatte. Und als er begann, mit Rene auszugehen, war Paisley klargewesen, dass für diese Beziehung keinerlei Hoffnung bestand. Er hatte Rene etwas vorgemacht, doch es war zwecklos gewesen, diese davon überzeugen zu wollen … allein der Gedanke daran sorgte dafür, dass sie erneut wütend wurde.

„*Bitte.*"

„Nein. Auf gar keinen Fall“, sagte sie. „Ein Kind muss sich sicher fühlen können, du kannst es nicht einfach der Fürsorge zweier Menschen aussetzen, die sich nicht leiden können. Was hast du dir nur dabei gedacht?“

„Ich weiß, was du meinst und ich habe versucht, jemand anderen zu finden, aber das ist mir nicht gelungen. Jeder hat bereits Verpflichtungen, nur du hast fast drei Monate Zeit, bis das neue Schuljahr beginnt. Zoey braucht dich.“

Paisley war Lehrerin geworden, weil ihr Kinder schon immer am Herzen gelegen hatten. Insbesondere die Schicksale von Kindern, die einen schweren Start ins Leben gehabt hatten, gingen ihr nahe. Doch das machte nicht ungeschehen, dass dieser unerträgliche Mann ihre Kusine verletzt hatte. Die arme Rene hatte geglaubt, dass auch er sich in sie verliebt hatte, als er sie plötzlich gebeten hatte, seine Frau zu werden. Sie war am Boden zerstört gewesen, als sie erkannt hatte, dass er nur auf der Suche nach einer Mutter für Zoey war. Rene hatte ein schlechtes Gewissen wegen des kleinen Mädchens gehabt, aber das Wissen darum, dass Trace sie nicht liebte, hatte sie veranlasst, die Stadt zu verlassen … und so war ihr Traum verpufft. Sie würden nicht in benachbarten Häuser leben, es gab kein Grillen im Garten mit der ganzen Familie oder gemeinsame Spiele ihrer zukünftigen Kinder. Nein, das hatte er zerstört. Aber was am schwersten wog … er hatte Rene wehgetan.

„Bitte", sagte er. „Es tut mir wirklich leid, dass ich Rene verletzt habe. Das hat sie nicht verdient. Aber meine Nichte hat auch nicht verdient, was ihr zugestoßen ist, oder?"

Paisley hätte eine Vielzahl an Gründen aufzählen können, warum es am besten gewesen wäre, so viel Abstand wie möglich zwischen sich und Trace zu bringen – doch dann berührte er plötzlich ihren Arm und jeder einzelne Nerv in ihrem Körper schien unter Strom zu stehen. Sie entriss ihm ihren Arm, als hätte sie einen elektrischen Zaun berührt. Zu ihrem Entsetzen spürte sie, wie sich ihr Herzschlag unter seinem besorgten Blick beschleunigte.

„Nein, das hat sie nicht." Das entsprach, trotz der in ihr tobenden Gefühle, der Wahrheit

„Ich zahle dir einen guten Lohn“, fügte er schnell hinzu. „Ich werde häufig nicht da sein – du weißt, wie die Sommer sind. Eine Ranch zu betreiben, die so groß ist wie die von Clint Matlock, bedeutet manchmal, von morgens bis abends arbeiten zu müssen. Aber ich werde versuchen, nicht jeden Tag so lange fort zu sein. Ich habe bereits mit ihm und dem Vorarbeiter darüber gesprochen, dass ich ab und zu früher nach Hause muss.“

Sie blinzelte, als seine Worte durch den Nebel sanken, der sich in ihrem Gehirn gebildet hatte. *Was wollte sie?* Dieser Mann bat sie im Grunde, Schichten wie ein Cowboy zu arbeiten. Aber sie brauchte das Geld und dann war da auch noch dieses arme Kind, das unverschuldet dazu verdammt worden war, sich in seiner Obhut wiederzufinden …das war eindeutig der Grund für ihr klopfendes Herz.

Er hielt seine Hutkrempe mit beiden Händen so fest umklammert, dass seine Knöchel weiß hervortraten … ihn so leiden zu sehen, verschaffte Paisley einen Moment *unbeschreiblicher* Zufriedenheit. Sie kam nicht umhin, das Problem erneut zur Sprache zu bringen. „Du hast Rene an der Nase herumgeführt“, sagte sie bissig. „Wusstest du, dass sie für einen kurzen Moment dachte, du hättest dich Hals über Kopf in sie verliebt – was genau das war, was sie sich erhofft hatte.“

Nein. Auf keinen Fall konnte sie für diesen Kerl arbeiten. Loyalität war wichtig.

„Ich habe es vermasselt – es tut mir leid. Was soll ich sagen? Hast du noch nie einen Fehler gemacht?“

Frustration und Verzweiflung schlugen sich in seiner Stimme nieder und Paisley fühlte nicht die Befriedigung, die sie sich erhofft hatte, aber deshalb mochte sie ihn nicht einen Deut mehr.

„Sieh mal, Rene ist eine großartige Frau. Etwas ganz Besonderes“, fuhr er ernst fort. „Das ist sie wirklich. Ich respektiere sie sehr und darum habe ich sie gebeten, mich zu heiraten – um Zoeys willen. Wenn mich das zu einem Idioten macht, dann bin ich das wohl. Ich gebe es zu.“ Er hielt inne und sah ihr in die Augen. „Aber dieser Idiot könnte wirklich etwas Hilfe gebrauchen und wenn ich dich deswegen anbetteln muss, dann werde ich genau das tun.“

Scham durchflutete Paisley. Da war dieser selbstsüchtige Macho-Cowboy, der zugunsten eines kleinen Mädchens zugab, dass er sie anbetteln würde. Sie empfand ihre Feindseligkeit ihm gegenüber plötzlich als fehlgeleitet – und egoistisch. Das fühlte sich nicht mehr gut an.

Konnte sie wirklich die Bedürfnisse eines Kindes ignorieren, nur weil sie selbst ein gewisses Verlangen nach Vergeltung hatte?

Sie versuchte, ihr Herz zu verhärten… aber er hatte ihre Achillesferse getroffen. Konnte sie ignorieren, dass dieses Kind sie brauchte? Ihr Magen verkrampfte sich bei diesem Gedanken.

Und dann war da noch die Tatsache, dass Rene trotz ihres gebrochenen Herzens inzwischen vollkommen glücklich war … also war die Sache überhaupt noch für irgendjemanden außer Paisley von Bedeutung?

„Okay, ich mache es", sagte sie, bevor sie ihre Meinung ändern konnte. „Für Zoey. Auf keinen Fall tue ich das für dich. Ich hoffe, dass hast du verstanden?"

Ein Lächeln breitete sich auf Trace' gutaussehendem Gesicht aus und zu ihrem Entsetzen packte sie dieser verrückte Mann mit seinen starken Armen und wirbelte sie herum, bevor sie überhaupt zu Ende gesprochen hatte! „Rene hat immer gesagt, dass du wundervoll bist!", jubelte er, während sie sich drehten. „Vielen Dank! Vielen Dank! Ich verspreche dir, dass du deine Entscheidung nicht bereuen wirst."

Schwindlig, wütend und überaus durcheinander kämpfte sie gegen ihn an. „Hey … hey!", stieß sie hervor, drückte sich gegen seine breiten Schultern, starrte in seine funkelnden Augen und spürte seine Arme, die fest um ihre Taille geschlungen waren. „Lass mich runter!"

Auf ihren Befehl hin ließ er sie wie einen Stein fallen. Mit einem Gefühl, als wäre sie gerade aus einem Karussell gefallen, stolperte sie von ihm weg – was war bloß in ihn gefahren! Als er nach ihr greifen wollte, um ihr zu helfen, ihr Gleichgewicht wiederzuerlangen, hob sie warnend die Hand. „Lass das", fauchte sie. Sie war so wütend, dass ihr das Herz in der Brust hämmerte und sich jeder Nerv in ihrem

Körper vor Abneigung wand.

„Regeln“, keuchte sie atemlos und starrte ihn und das riesige Grinsen auf seinem Gesicht an. „Die wichtigste lautet: Fass mich nicht an. Hast du das verstanden?“

KAPITEL ZWEI

Großer Fehler. Großer Fehler. Großer Fehler.

Als Paisley am nächsten Morgen ihr Auto vor Sam's Diner parkte, ging ihr die Stimme in ihrem Kopf bereits gehörig auf die Nerven – da sie ohnehin nervös war, brauchte es dafür nicht viel. Sie betrat die verwitterten Bohlen des Bürgersteigs und vernahm dabei ein dumpfes Geräusch, das so unerbittlich war wie die Hochsommersonne, die auf sie herabschien. Sie sah die Straße hinunter und musterte die Stadt, die sie inzwischen als ihre Heimat ansah. Sie brauchte das glückliche Gefühl, das sie immer überkam, wenn sie diesen einladenden Ort betrachtete.

Mule Hollow war eine bezaubernde Stadt, die mit ihren Holzhäusern entlang der Hauptstraße wie eine Westernsstadt aussah. Sie waren in verschiedenen Farben gestrichen und ihre Fassaden wirkten aufgrund heller Zierleisten besonders einladend, ein Eindruck, der von den mit allerlei Blumen bepflanzten Fensterkästen noch verstärkt wurde. Erstaunlich, einfach erstaunlich, dachte sie wie immer, wenn sie sie ansah. Die Menschen hier waren in eine staubige, sterbende Stadt gekommen und hatten sie von Grund auf erneuert. Nun befand sich hier der einladendste Ort, den sie jemals gesehen hatte, … aber selbst das konnte heute Morgen ihre Stimmung nicht heben.

Sie betrat das Diner und konnte immer noch nicht glauben, dass sie ab Montag für Trace arbeiten würde. *Großer Fehler – was würde Rene davon halten, wenn sie es wüsste?*

Ihre Cousine war inzwischen glücklich mit Clay Preston verheiratet – im Moment befanden sich die beiden in den Flitterwochen … Paisley versuchte, ihr Gewissen zu beruhigen. Es wäre egal.

Vielleicht. Trotzdem wurde Paisley das Gefühl nicht los, dass sie sich mit ihrer Entscheidung womöglich in eine unangenehme Situation manövriert hatte.

Paisley stieß die schwere Schwingtür auf und betrat das rustikale Lokal. Es war wie ein Relikt vergangener Zeiten, wurde aber von allen geliebt, die es regelmäßig besuchten. Eine Gruppe Cowboys stand ihr im Weg und bezahlte ihre Rechnungen, deshalb ging sie direkt zu ihrem Lieblingstisch am Fenster.

„Guten Morgen, Applegate und Stanley", sagte sie laut. Die beiden alten Männer, die nicht mehr gut hörten, waren in ihre tägliche Partie Schach vertieft, einer wie der andere darum bemüht zu gewinnen. Nur selten saßen sie nicht an ihrem Tisch am Fenster.

Das Diner war der Mittelpunkt der Stadt und Paisley liebte es, hier Samstag morgens Kaffee und Pfannkuchen zu frühstücken. Es munterte sie auf, den Leuten beim Kommen und Gehen zuzuschauen und diese beiden mürrischen alten Männer, deren Herzen so weich wie Marshmallows waren, mochte sie besonders gern.

„Dir auch einen guten Morgen", brummte App, ohne vom Spielbrett aufzusehen. Wie immer lag seine Stirn in Falten und sein schmales Gesicht war zerknittert, während er über seinen nächsten Zug nachdachte.

Stanley, der leicht füllige, lustigere der beiden Männer, strahlte sie an. „Lass ihn. Er weiß nicht, was er tun soll, deswegen ist er so schlecht gelaunt. Er muss sich gleich geschlagen geben."

App warf seinem Kumpel einen Blick zu. „Das hättest du wohl gern, du alter Mann."

Stanley tippte mit dem Zeigefinger auf sein Zifferblatt.

„In drei Stunden müssen wir bei der Theaterprobe sein und wenn du dich nicht beeilst, dann hast du noch nicht mal den nächsten Zug gemacht, wenn wir aufhören müssen."

Paisley war genauso überrascht gewesen wie alle anderen, als die beiden Männer angeboten hatten, sich um die Beleuchtung und den Ton des Theaters kümmern zu wollen, dass eines der Paare vor Kurzem eröffnet hatte. Und erstaunlicherweise machten sie ihre

Sache trotz ihrer Hörprobleme und den ständigen Neckereien sehr gut.

„Bleib dran, Applegate", sagte sie lachend. „Ich glaube an dich." Sie zwinkerte Stanley zu, der sich gerade eine Handvoll Sonnenblumenkerne in den Mund schob und selbstzufrieden grinste.

Sie spürte eine tiefe Zuneigung für die beiden alten Männer, weil sie nett zu Rene gewesen waren. Rene hatte es im Leben nicht leicht gehabt. Während Paisley aufs College gegangen war und einen Abschluss gemacht hatte, hatte ihre Kusine ihr eigenes Leben zurückgestellt und sich jahrelang um ihre kranke Mutter gekümmert, bis diese vor ein paar Monaten gestorben war. Als Paisley eine Stelle als Vertretungslehrerin für die zweite Jahreshälfte an der kleinen Schule, die sich Mule Hollow mit einer anderen kleinen Stadt teilte, angenommen hatte, hatte sie Rene überredet, mit ihr zu kommen. Die kleine Stadt klang nach dem perfekten Ort, um dort ihre gemeinsamen Träume zu verwirklichen.

Nachdem Rene jahrelang ihre Mutter zuhause gepflegt hatte, hatte ihr die Arbeit im Diner sehr gut getan …, wenn man davon absah, dass hier ihre Schwärmerei für Trace Crawford ihren Anfang genommen hatte.

Widerwillig musste Paisley zugeben, dass sie trotz ihrer Abneigung für den Cowboy nicht leugnen konnte, dass er gut aussah. Okay, umwerfend! Der Puls jeder Frau würde bei einem Blick in diese verträumten Augen ein bisschen in die Höhe schnellen!

Das erklärte ihre gestrige Reaktion. Sie weigerte sich, auch nur für einen Moment in Betracht zu ziehen, dass sie ihn womöglich attraktiv fand. Dieser Gedanke war geradezu abstoßend, nach allem, was er Rene angetan hatte.

„Paisley! Hallo-hoo Hier drüben."

Paisley sah, dass Esther Mae ihr aus einer Nische in der Nähe der Küche zuwinkte, wo sie mit ihren beiden Mitverschwörerinnen saß. Sie war dankbar über diese Ablenkung von ihren verstörenden Gedanken. Die dynamische Mittsechzigerin mit einer Vorliebe für farbenfrohe Jogging-Klamotten aus Velours klopfte auf die Bank neben sich. Die Gruppe Cowboys verließ das Gebäude in einem Durcheinander aus klirrenden

Sporen und stampfenden Stiefeln. Sobald der Weg wieder frei war, durchquerte Paisley den Raum und setzte sich zu den Frauen.

„Hallo, meine Damen. Wir müssen uns unterhalten", sagte sie ohne Umschweife. Sie wollte direkt zur Sache kommen, denn sie wusste, dass diese drei Frauen die geborenen Kupplerinnen waren und sie erkannte ein solches Vorhaben, wenn sie es damit zu tun hatte.

Die drei Damen hatten schon mehreren Frauen „geholfen", ihren Seelengefährten zu finden. Aber wenn sie nur für eine Minute geglaubt hatten, dass Trace und sie … nein, das würden sie sich aus dem Kopf schlagen müssen.

„Warum habt ihr Trace erzählt, ich bräuchte einen Job?", fragte sie und warf jeder der drei Frauen einen vielsagenden Blick zu. „*Er* mag euch die Behauptung, es würde sonst niemanden geben, der ihm helfen könnte, ja abgekauft haben, aber ich bin nicht dermaßen naiv."

Die Frauen schenkten ihre Zeit gern jedem, der sie brauchte und halfen auf jede erdenkliche Weise. Unter keinen Umständen hätten sie zugelassen, dass ein kleines, verwaistes Mädchen nicht die Fürsorge bekam, die es benötigte. Was nur einen einzigen Schluss zuließ.

„Und, hast du den Job angenommen?", fragte Norma Sue Jenkins und ignorierte damit geflissentlich Paisleys Frage. Sie war eine robuste Frau, ihr Ehemann war Vorarbeiter auf Clint Matlocks Ranch – der größten in dieser Gegend und die, auf der auch Trace arbeitete. Unter ihrer Arbeitskleidung verbarg sich ein Herz aus Gold ... und die Persönlichkeit einer Dampfwalze.

Und genau das beunruhigte Paisley. „Ja, ich habe den Job angenommen. Aber wenn ihr drei jetzt deswegen denkt, da könnte sich irgendetwas zwischen Trace und mir anbahnen, dann verwerft ihr diesen Gedanken am besten sofort wieder. Ich werde ihm helfen, weil ich Arbeit brauche und sich jemand um Zoey kümmern muss."

Adela lächelte. „Wir wussten, dass du das tun würdest, meine Liebe. Du hast ein wundervolles Herz." Die zierliche Frau mit den funkelnden blauen

Augen erweckte bei ihrem Gegenüber grundsätzlich den Eindruck, als könne sie direkt in ihn hineinsehen. „Du bist für diese kleine Familie wie eine Fügung Gottes."

„Das ist richtig", stimmte Esther Mae ihr zu. „Seit deine Kusine vor ein paar Monaten die Stadt verlassen hat, warst du wütend auf Trace. Als würdest du keine Luft bekommen. So wie ich, wenn ich sonntags mein Mieder zu eng geschnürt habe!"

„Esther Mae", schnaubte Applegate an seinem Tisch am Fenster. „Wenn du der Welt von deinem Mieder erzählen willst, dann gib doch einem Mann die Zeit, sein Hörgerät auszuschalten!"

„Ja, ja. Schalte das mal besser aus! Du und dein selektives Gehör", grollte Esther Mae, deren Gesicht sich etwas gerötet hatte. Dann lehnte sie sich dichter zu Paisley und flüsterte: „Ich denke, das war nicht ganz die richtige Bemerkung für einen öffentlichen Ort wie diesen. Aber ihr wisst, was ich meine, Mädels."

„Amen", knurrte Norma Sue. „Um nichts in der Welt würde ich mich in ein solches Ungetüm zwängen."

Paisley musste trotz ihrer Entschlossenheit, unnachgiebig aufzutreten, lachen. „Ihr wisst ganz genau, warum ich so sauer auf ihn bin. Er hat Rene aus der Stadt gescheucht!"

„Ja, wir verstehen deine Verärgerung. Aber der arme Mann hat sie ja nicht absichtlich verletzt", sagte Adela.

„Nichtsdestotrotz hat er genau das getan und das kann ich ihm nicht verzeihen. Aber ich werde den Sommer über für ihn arbeiten. Ich wüsste wirklich nicht, wie ich seine Bitte ablehnen sollte, schließlich habe ich tatsächlich nichts anderes zu tun."

Sam kam herüber und stellte einen Teller vor sie. Der winzige Mann fragte sie nicht einmal mehr, was sie essen wollte. Sobald sie samstags morgens durch die Tür kam, begann er, Pfannkuchen für sie zuzubereiten.

„Bitteschön, Paisley", sagte er. „Hör auf meine Adela. Dafür betet sie, seit dieser Junge herausgefunden hat, dass das kleine Mädchen zu ihm kommen würde."

Paisleys Herz ging auf, als sie den liebevollen

Blick sah, mit dem Sam Adela bedachte. Oh, wie sehr wünschte sie sich einen Mann, der sie so liebte, wie Sam seine Adela.

„Ich habe auch gebetet", sagte Norma Sue. „Und ich habe da so eine Ahnung, dass es eine gute Sache ist, dass du da sein wirst, um Trace in die richtige Richtung zu lenken. Männer haben einfach keine Ahnung und falls du es nicht bemerkt haben solltest, das Ganze hat ihn wirklich mitgenommen. Mehr als es die meisten Männer mitnehmen würde. Da ist etwas an diesem Jungen, dass wir uns fragen, was wohl in seiner Vergangenheit passiert sein mag."

„Hört mal", sagte Paisley und setzte den Sirup mit einem Knall auf dem Tisch ab. Es war ihr unangenehm, dass sie hier saßen und über Trace' Vergangenheit redeten. „Ich interessiere mich nicht für die Vergangenheit dieses Mannes. Ich möchte lediglich Zoey helfen."

Drei Augenpaare blinzelten sie ungläubig an.

„*Wirklich*. Meine Damen, ihr werdet sicher verstehen, dass ich das für Zoey tue. Wenn sie nicht wäre, wären mir die Sorgen dieses Mannes völlig gleichgültig – das heißt, bitte unterlasst eure verrückten Kuppeleien.“

Weiteres Blinzeln folgte, aber zumindest schwiegen die Frauen nun.

„Kein weiteres Drängen“, mahnte sie, hatte aber kein gutes Gefühl.

Sie war unverblümt gewesen – hatte aber nicht den Eindruck, dass das etwas genützt hatte. Oh, nein. Tatsächlich sahen sie nicht so aus, als hätten sie ein einziges Wort von dem gehört, was sie zu ihnen gesagt hatte. Dafür waren alle drei zu sehr damit beschäftigt, einen völlig unschuldigen Eindruck zu vermitteln.

Ha!

„Und außerdem“, sagte sie und beschloss, ihre Argumentation in eine andere Richtung zu lenken. „Habe ich ernsthafte Bedenken deswegen, wie gesund es sein kann, wenn man ein Kind in einen Haushalt bringt, in dem es zwei Menschen gibt, die sich ganz offensichtlich nicht mögen.“

„Ach komm schon“, seufzte Esther Mae. „So schlimm ist es nun auch wieder nicht. Ihr seid nur etwas verdrießlich. Ihr würdet ein großartiges Paar abgeben. Denk doch nur daran, was für wunderschönes Kinder ihr haben könntet."

„Was?" Paisley rang nach Luft.

„Und wo wir gerade von Trace sprechen", sagte Norma Sue und sah an Paisley vorbei zur Tür. „Er ist schon ein gutaussehender Cowboy! Und er sieht aus, als wäre ihm eine Last von den Schultern gefallen, seit ich ihn gestern zuletzt gesehen habe. Schau nur, wie schwungvoll er geht und achte auf das Strahlen in diesen hinreißenden Augen. Wie kannst du auch nur im Traum daran denken, diesem Mann irgendetwas abzuschlagen?"

„Ach du meine Güte", murmelte Paisley, als sie sich zur Tür drehte.

Trace war kurz bei App und Stanley stehengeblieben, um mit ihnen ein paar Worte zu wechseln und nun kam er mit einem riesigen Lächeln im Gesicht zu ihnen herüber. Sein Anblick sorgte dafür, dass ihr ganz flau im Magen wurde – natürlich waren ihre Nerven daran schuld. Der Gedanke daran, dass sie zugestimmt hatte, in den nächsten Monaten für ihn zu arbeiten, sorgte dafür, dass ihr beinahe die

Pfannkuchen wieder hochkamen. Es bestand kein Zweifel: sie fürchtete sich schrecklich vor dieser Aufgabe.

„Guten Morgen, meine Damen", sagte Trace, der entschieden zu selbstzufrieden aussah. „Hat Paisley euch schon erzählt, dass sie eingewilligt hat, mich zu retten?"

„Ich rette dich nicht", fauchte sie und legte die Gabel klappernd beiseite. Weiteres Essen mit einen verstimmten Magen wäre sicherlich keine gute Idee.

„Doch, du rettest mich", wiederholte er bestimmt. „Du weißt nicht, wie sehr du mir hilfst. Letzte Nacht habe ich endlich mal wieder geschlafen."

„Oh, das ist süß", gurrte Esther Mae. „Hast du das gehört, Paisley? Der arme Junge konnte nicht schlafen, weil er sich so große Sorgen um dieses kostbare Kind gemacht hat."

Natürlich hatte sie ihn gehört. Und Paisley musste zugeben, dass seine Sorge um Zoey tatsächlich süß war.

„Ich hatte gehofft, dich hier zu finden", sagte er und blickte sie dankbar an. „Deswegen war ich auch zuerst bei deinem Haus.“

„Warum?“, wollte sie wissen und war sich der Blicke, die ihre unerträglichen Tischnachbarinnen miteinander wechselten, nur allzu bewusst – sie kam sich vor, als würde sie wie der Hauptgewinn bei *The Price is right* angepriesen, um Himmels willen!

„Ich habe mir den Tag frei genommen und hatte gehofft, du würdest mit mir zusammen ein paar Dinge aussuchen, um Zoeys Zimmer zu verschönern. Du weißt schon, es ein bisschen mädchenhafter machen.“

„Was für eine *entzückende* Idee“, sagte Adela.

„Ich weiß nicht …“, begann sie, keuchte aber, als Esther Mae sie in die Rippen stieß.

„Natürlich kommt sie mit“, rief dieser hinterlistige Rotschopf. „Schließlich geht es um das Kind.“

Paisley hielt sich die Rippen und blickte von Esther zu Norma Sue. Sie hoffte auf etwas Unterstützung.

Stattdessen blickte die Frau sie aufmunternd an. „Natürlich kommt sie mit“, sagte nun auch die Dampfwalze Norma und zerstörte damit Paisleys Hoffnung, dass ihr jemand zu Hilfe kommen würde.

Paisley rieb sich die Rippen und ließ sich geschlagen nach hinten sinken. Die Wahrheit war, dass die Frauen auf gewisse Art und Weise recht hatten – sie musste sich davon überzeugen, dass Zoeys Zimmer sicher war. Sie atmete langsam aus. „Ich komme sehr gern mit", sagte sie durch zusammengebissene Zähne. Sie stellte sich der Lage, griff nach ihrer Tasche und stand auf. „Schließlich wollen wir ja nicht, dass du Zoeys Zimmer mit Heuballen und Kuhglocken dekorierst, nicht wahr?"

„Nein", sagte er, völlig unberührt von ihrem Sarkasmus. „Das wollen wir nicht. Warte", sagte er und deutete auf ihren Teller. „Du kannst ruhig noch deine Pfannkuchen aufessen. Du hast sie ja kaum angerührt."

Sie legte Geld auf den Tisch und starrte die drei unseligen Frauen an, die lächelnd zu ihr aufblickten. „Mir ist der Appetit vergangen", sagte sie und richtete ihre Aufmerksamkeit auf Trace. „Und schließlich haben wir etwas Wichtiges vor."

„Bis später", riefen Norma Sue und ihre Freundinnen ihr nach, als Paisley zum Ausgang stürmte. Sie würden ohnehin denken, was sie wollten, also würde sie sich darum keine weiteren Gedanken machen. Sie würde sich ganz auf das kleine Mädchen konzentrieren. Nur so würde es ihr gelingen, dieses Fiasko zu überstehen!

„Nach dir", sagte Trace, der es trotz ihrer Eile irgendwie geschafft hatte, vor ihr an der Tür zu sein.

Sie sah ihn an, als sie auf ihn zueilte. Da er ihr im Weg stand, kam sie nicht umhin, sein äußerst männlich riechendes Aftershave zu bemerken.

„Danke", sagte sie mit einem kurzen Nicken. Sie hielt ihn trotzdem für ein Stinktier – auch wenn er nicht wie eines roch und würde wohl gut daran tun, sich das von Zeit zu Zeit ins Gedächtnis zu rufen.

„Jederzeit", sagte er und lächelte sie wissend an. Diese Ratte wusste, wie sehr sie dieses ganze Vorhaben hasste – er konnte es gar nicht übersehen. Er war vor ihr an seinem Truck und öffnete auch dessen Tür für sie. Ratte! Alle Manieren dieser Welt würden nicht ungeschehen machen, was er Rene angetan hatte.

Sie ignorierte seine ausgestreckte Hand und stieg in den Wagen, dann starrte sie nach vorn, als er die Tür schloss. Sie bemühte sich um Ruhe und beobachtete kühl, wie er um den Wagen herumrannte und sich hinter das Lenkrad setzte. So aufgewühlt zu sein war gar nicht gut. Jetzt ging es ums Geschäftliche. Sie musste sich einen Eindruck verschaffen, was genau zu tun war.

„Warum fahren wir nicht zu deinem Haus und ich schaue mich dort um, damit ich weiß, was wir heute noch besorgen müssen?" Ihre Stimme schwankte leicht, aber angesichts der Situation war sie mit sich selbst zufrieden.

„Klar", sagte er und lenkte den Truck vom Parkplatz. „Klingt nach einem guten Plan."

Mann, liegst du da falsch, dachte sie und starrte geradeaus. Nichts davon klang nach einem guten Plan. Rein gar nichts.

KAPITEL DREI

„ **H** ast du mich gehört?“

„Was?“ Trace bemerkte, dass Paisley mit ihm gesprochen hatte. „Ähm, nein, tut mir leid. Was hast du gesagt?“

Sie standen in Zoeys zukünftigem Zimmer. Es befand sich nicht viel darin, nur ein paar gebrauchte Möbel, die bereits hier gestanden hatten, als er das Haus gekauft hatte. Aber er hatte nicht über das Mobiliar nachgedacht. In Gedanken versunken hatte er dagestanden und an Paisleys Augen gedacht. Ihre feurigen Augen blitzten nicht länger vor Wut, sondern betrachteten ihn distanziert und mit einer Kälte, die dem Frio River Ehre gemacht hätte – und das war ein Problem.

Jedes Mal, wenn sie ihn aus diesen zu Schlitzen zusammengezogenen Augen ansah, überkam ihn der Drang, sie anzustacheln, damit das Feuer in ihren Augen, an das er sich bereits gewöhnt hatte, erneut aufloderte!

Er musste verrückt geworden sein. Oder er war einfach nur dumm.

Als er sie jetzt ansah und bemerkte, dass ihn ihre Augen ungeduldig anfunkelten, beschleunigte sich sein Puls – dummer Mann der er war. Es bestand kein Zweifel, er hatte den Verstand verloren.

„Ich habe gefragt, ob du Vorschläge für diesen Raum hast."

Das Zimmer – *reiß dich zusammen, Mann*! Er platzte mit dem ersten heraus, was ihm in den Sinn kam. „Kissen."

Mädchen mochten Kissen, nicht wahr?

Paisley sah ihn misstrauisch an, nickte dann aber. „Ja. Kissen sind gut. Aber nicht zu viele. Sie könnte

Allergien haben. Hast du gefragt, ob sie Allergien hat?"

Das traf ihn. „Ich wusste nicht, dass ich das hätte tun sollen." Tatsächlich hatte er fast gar keine Fragen gestellt. „Glaubst du, sie hat welche?"

Ihre Augen verengten sich und schauten ihn anklagend an. „Ich denke, man hätte dich über gesundheitliche Probleme informiert, wenn es welche gäbe, ob du nun gefragt hast oder nicht."

„Ja. Hoffentlich." Gute Eltern – verantwortungsbewusste Eltern – hätten sich sofort danach erkundigt, ob Zoey irgendwelche gesundheitliche Probleme hatte.

Paisleys Gesichtsausdruck ließ darauf schließen, dass sie ihm von ganzem Herzen zustimmte. „Ich habe genug gesehen. Wenn du bereit bist, können wir gehen", sagte sie und schritt zur Tür als wäre sie auf einer Mission.

Er folgte ihr. Sie hatte ja keine Ahnung, dass er nicht im Mindesten bereit war für das alles … und als er vier Stunden später einen Einkaufswagen durch das riesige Geschäft schob, hatte sich daran nichts geändert. Er sah ihr dabei zu, wie sie allerlei bunte Gegenstände in den Einkaufswagen warf und fühlte sich noch unbehaglicher und ungeeigneter für diese Aufgabe als zuvor.

„Diese Vorhänge und der glitzernde Stoff, den ich zum Dekorieren ausgesucht habe, sind waschbar", teilte sie ihm mit, bevor sie sich wie unzählige Male zuvor von ihm abwandte und sich auf die Suche nach einem weiteren Gegenstand machte.

Diese Frau hatte einen Plan und an den hielt sie sich. Ohne zu zögern. Ohne ihn in Frage zu stellen. Und während sie das tat, blieb sie auf Abstand und sprach nur mit ihm, wenn die Situation es erforderte. Dann jedoch blickte sie ihn mit diesen kühlen, abschätzenden Augen an … und er wurde noch gestresster als er es ohnehin bereits war.

Aber damit konnte er umgehen, sagte er sich selbst. Wenn sie dieselbe Sorgfalt, die sie beim Einkaufen an den Tag legte, bei der Arbeit zeigte, dann wären Zoey – und er selbst – in guten Händen. Diese Frau konnte sich unglaublich auf etwas konzentrieren und das gefiel ihm an ihr. Als er um die nächste Ecke bog, sah er, dass Paisley gerade auf ein klappriges Regal gestiegen war, um nach einer Lampe auf dem obersten Regalbrett zu greifen. Das gesamte Regal – vier Bretter voller Lampen – wackelte!

„Hey", protestierte er und sprang auf sie zu. „Was hast du dir denn dabei gedacht?", wollte er genau in dem Moment wissen, in dem die bereits wackelnde Lampe herabfiel. Er duckte sich unter ihr hindurch, schlang seine Arme um Paisleys Taille und schwang sie aus dem Weg.

„Lass mich los!", rief sie und trat ihm gegen das Schienbein! „Ich habe dir doch gesagt, du sollst mich nicht anfassen."

Er fing die Lampe auf und knurrte: „Hör auf damit." Er fühlte sich an seine Football-Zeiten auf dem College erinnert. „Du hättest mich nicht gleich treten müssen! Schließlich habe ich dich gerettet!" Er starrte auf sie herunter und trotz des pochenden Schmerzes in seinem Bein, musste er schmunzeln. Diese Frau hatte etwas an sich … und da war auch schon wieder das altbekannte Feuer in ihren Augen.

Er spürte ihren Herzschlag unregelmäßig an seiner

Brust und sah, dass sie die Augen verengte. Ganz offensichtlich war sie nicht glücklich darüber, von ihm in den Armen gehalten zu werden. Dass er geschmunzelt hatte, war auch nicht gerade hilfreich gewesen. Er war fasziniert davon, wie sie sich in seinen Armen anfühlte. Plötzlich glitt ihr Blick zu seinen Lippen!

Seine Arme reagierten ohne sein Zutun und schlossen sich noch fester um sie. Einen kurzen Moment lang war er nicht in der Lage, sich zu bewegen.

„Lass mich runter."

Ihre Forderung, durch zusammengebissene Zähne hervorgebracht, löste den Bann, in dem er sich befand und er blickte ihr erneut in die kühlen Augen.

„Ich habe es dir gesagt – keine Berührungen."

Er setzte sie auf der Stelle ab und wich einen Schritt zurück.

„Ich hätte das auch allein hinbekommen", schnaubte sie und ihre grünen Augen bildeten einen netten Kontrast zu ihren nunmehr rosig schimmernden Wangen.

Sie war wie Dynamit. Vielleicht war er dumm, aber er grinste. Er konnte nicht anders. Diese Frau war unglaublich attraktiv, wenn sie wütend war. Und ja, er hatte darüber nachgedacht, sie zu küssen. Er hatte sie in den Armen gehalten und sie hatte zu ihm aufgeschaut. Eine völlig natürliche Reaktion. Doch er hatte sich sofort gebremst. Er mochte sie attraktiv finden, aber sie zu küssen …, dass kam nicht in Frage.

„Warum lächelst du?", wollte sie wissen.

„Es tut mir leid", sagte er. „Aber wenn du wütend bist, dann machen deine Augen diese großartige Sache. Sie sehen aus, als würden sie Funken sprühen. Das ist wirklich cool."

„*Es ist cool?* Erst machst du mich wütend, dann schlingst du deine Arme um mich, obwohl ich dir gesagt habe, du sollst mich nicht anfassen und dann sagst du mir auch noch, dass du es cool findest! Was denkst du eigentlich, wer du bist?"

„Hey, warte einen Moment", sagte er und machte mit seinen Händen das Timeout-Zeichen. Sicher, er hätte nicht grinsen oder diese anderen Sachen denken sollen, aber hier war sie im Unrecht. „Sieh mal, du bist diejenige, die herumstapft und kaum mit mir spricht. Wenn du mich einfach darum gebeten hättest, dir die Lampe herunterzuholen, dann hätte ich dich gar nicht davor bewahren müssen, dass sie dir auf den Kopf fällt." Er betrachtete die Lampe in seinen Händen wie ein Beweisstück.

Sie presste die Lippen zusammen und er erkannte, dass sie versuchte, eine scharfe Erwiderung herunterzuschlucken. Was ihr tatsächlich gelang. „Du hast recht", sagte sie stattdessen nach einer längeren Pause.

Dieses Eingeständnis sorgte jedoch nicht dafür, dass er sich besser fühlte. Diese Frau hielt ihn für einen riesigen Idioten. Quasi *den* Idioten schlechthin. „Hör mal", sagte er und wog seine Worte sorgfältig ab. Er lief Gefahr, sie zu verjagen. „Wenn du zukünftig etwas brauchst, wenn du in meinem Haus bist, dann frag mich einfach." Er warf ihr ein kleines, aufmunterndes Lächeln zu und war sofort besorgt, dass er das nicht hätte tun sollen, als sie die Stirn runzelte. Er musste irgendwie versuchen, sie zu beruhigen, sodass sie die Wut hinter sich ließ, die sie ihm gegenüber augenblicklich empfand.

„Komm schon", sagte er und versuchte, unbeschwert zu klingen. „Wir müssen weiter all diese Dinge einkaufen und dann musst du mir noch zeigen, was zum Teufel man damit macht. Ich bin nämlich völlig ahnungslos."

Er sah, dass sie schwankte, ihre Gesichtszüge wurden weicher – schließlich war sie eine vernünftige Frau. Sie war Lehrerin, um Himmels willen. Er lächelte ihr aufmunternd zu und seine Hoffnung stieg. Und dann tat er etwas, was für ihn unter normalen Umständen selbstverständlich war ... er zwinkerte ihr zu!

„Du hast mir gerade zugezwinkert", sagte sie. „Du hast vielleicht Nerven."

„Das wollte ich nicht. Es tut mir leid -"

„Ach, willst du mir jetzt auch noch weismachen, du hättest etwas im Auge?"

„Nein, ich habe nichts im Auge. Ich habe dir nur zugezwinkert. Das bedeutet gar nichts. Wirklich, das tut es nicht.“

Das konnte Paisley einfach nicht glauben! Sie drehte sich um und stürmte den Gang hinunter, sie brauchte etwas Luft. Das Quietschen der Räder des Einkaufswagens verriet ihr, dass er ihr folgte. An der Kasse holte sie die Sachen aus dem Wagen und warf sie auf das Band. Sie konnte die Sachen nicht schnell genug ausladen! *Flirtete* dieser Mann jetzt mit ihr? Das war es doch, worum es beim Zwinkern ging, oder? Und er hatte sie berührt – gleich *zweimal*.

Sicher, sie hatte die Lampe vom obersten Brett gestoßen, aber es war völlig unnötig gewesen, sie an seine Brust zu ziehen. So etwas von unnötig!

„Geht es Ihnen gut, meine Liebe?“, fragte die Frau mittleren Alters an der Kasse.

Paisley griff nach einer Flasche Shampoo und warf sie mit einem Knall aufs Band. „Mir geht es gut“, murmelte sie und warf einen Blick auf das Namensschild der Frau. „Evelyn“, fügte sie etwas ruhiger hinzu. All dies war schließlich nicht Evelyns Schuld und sie verdiente es nicht, schlecht behandelt zu werden.

Evelyn warf Trace einen scharfen Blick zu. „Das sollte es auch. Sie haben da wirklich einen besonders gutaussehenden Mann."

Paisley blieb der Mund offenstehen. „Nein. Auf keinen Fall. Er ist nicht mein Mann." Sie warf Trace einen herausfordernden Blick zu, doch der sagte nichts. Stattdessen warf er Evelyn ein gewinnendes Lächeln zu, das dafür sorgte, dass Paisley noch wütender wurde.

Evelyn hingegen grinste ihn an und seufzte tief, während sie einen Gegenstand nach dem nächsten packte und über den Scanner zog, ohne ihn eines Blickes zu würdigen. Wie hätte sie auch? Ihre Augen waren unverwandt auf Trace gerichtet.

„Oh, Mann", murmelte Paisley und fuhr fort, Sachen aus dem Einkaufswagen zu nehmen und auf das Band zu werfen. Dieser Mann musste Frauen nur ansehen, um dafür zu sorgen, dass sie all ihren gesunden Menschenverstand verloren!

„Er hat Sie wütend gemacht?", fragte Evelyn.

Paisley sah die neugierige Frau finster an. Sie hatte nicht die Absicht, einer völlig Fremden zu erklären, warum sie Trace nicht mochte. Immerhin war dies hier eine Kasse. Leider wertete die Frau ihr Schweigen als Zustimmung.

„Es ist eine verdammte Schande, dass die Gutaussehenden immer die größten Idioten sind", sagte sie.

Endlich erkannte das auch mal jemand! Was für eine nette Frau. „Ja, das ist es tatsächlich", sagte Paisley und schaute zu einem verdattert dreinschauenden Trace, als sie die Steppdecke nahm und sie Evelyn reichte. Dann griff sie zu der Lampe, die er immer noch in der Hand hielt.

Evelyn stieß ein gackerndes Geräusch aus und sah Trace noch einmal von oben bis unten an. „Können Sie etwas zu Ihrer Verteidigung vorbringen?"

Beinahe hätte Paisley wegen der völlig übertriebenen Frage der Frau aufgelacht.

„Nun, ich habe mich entschuldigt. Was hätte ich sonst noch tun sollen?", fragte er. Offenbar war er verunsichert, weil sein Lächeln nicht die Wirkung gezeigt hatte, die er erwartet hatte.

Evelyn unterbrach ihn, nannte den fälligen

Gesamtbetrag und streckte die Hand aus.

Trace blickte finster drein, dann zog er seine Brieftasche hervor und reichte ihr das Geld. Wenig später waren sie fertig und schoben den Einkaufswagen aus der Tür.

„Lassen Sie sich nicht unterkriegen, Schätzchen", rief Evelyn ihr nach und Paisley konnte nicht anders, sie musste lachen. Das war nur ein weiterer lächerlicher Moment in einer merkwürdigen Folge von Ereignissen gewesen.

„Also, was genau ist da gerade geschehen?", fragte Trace, als sie den Truck erreichten.

Paisley öffnete die Tür und kletterte hinein, ohne ihn auch nur zu fragen, ob sie ihm helfen sollte, die Einkäufe zu verstauen. „Im Allgemeinen mögen es Frauen nicht, wenn man ihnen auf die Zehen tritt. Wir neigen dazu, bei solchen Dingen zusammenzuhalten." Sie wollte die Tür schließen, aber er packte sie und hielt sie fest.

„Können wir es nicht dabei belassen?"

„Nein. Du bist der Typ Mann, der meint, mit einem Lächeln und einem Zwinkern könne er jede

Frau dazu bekommen, zu tun, was immer er will. Ich habe mich über diese Haltung geärgert und Evelyn war ganz meiner Meinung."

Sie hatte erwartet, dass er etwas darauf erwidern würde, erntete aber nur einen nachdenklichen Blick aus seinen stürmischen Augen. Einige Sekunden später schloss er die Tür und fuhr schweigend damit fort, die Tüten einzuladen. Er schwieg immer noch, als er zu seiner Seite des Trucks ging und einstieg.

Auch auf der ganzen Fahrt nach Hause blieb er stumm. Das war ihr nur recht. Vielleicht war ja etwas von dem, was sie gesagt hatte, zu ihm durchgedrungen. Schließlich konnte man nicht erwarten, dass eine mickrige Entschuldigung die Dinge wieder geraderückte, wenn man die Gefühle einer Frau mit Füßen getreten hatte.

Egal wie gut man aussah.

„Hör mal, ich weiß, dass du mich nicht magst. Dass du keine besonders hohe Meinung von mir hast. Und mir ist klar, dass du den ganzen Rückweg über dort drüben gesessen und darüber nachgedacht hast, ob du aufhören sollst, für mich zu arbeiten."

Sie saßen immer noch in seinem Truck, den er gerade hinter dem Haus zum Stehen gebracht hatte. Die einstündige Fahrt von Ranger nach Mule Hollow hatten sie schweigend zurückgelegt. Paisley hatte die Stille gebraucht. Jetzt schaute sie ihn ruhig und ernst an.

„Das würde bedeuten, dass ich Zoey im Stich lasse … und wir wissen beide, dass *sie* das nicht verdient hat."

„Aber ich", sagte er und lächelte.

„Wenn du dich angesprochen fühlst. Und dass habe ich nicht gesagt, um dich zum Lachen zu bringen. Nimmst du jemals etwas ernst?"

„Oh, ich bin ernst. Ich lächle, weil du bleibst, um mir mit Zoey zu helfen. Vielen Dank. Das ist mir wichtig. Du wirst es nicht glauben, aber ich bin nervös und deswegen verhalte ich mich wie ein Trottel." Er griff nach dem Türgriff. „Ich verspreche dir, dass ich versuchen werde, dich nicht mehr zu verärgern. Lass uns mit der Arbeit beginnen. Ich muss das große Bett in Zoeys Zimmer verschieben und dann abbauen, damit ich ihr Kinderbett aufstellen kann. Damit bin ich dir eine Weile aus dem Weg. Wie findest du das?"

„Großartig", sagte sie und öffnete die Tür. Sie sprang heraus und half beim Ausladen der Taschen, dann trug sie sie hinein. Auf der Veranda lag ein großes Paket mit einem UPS-Aufkleber darauf.

„Das ist das Kinderbett", sagte er, dann öffnete er das Fliegengitter und schob die Hintertür weit auf. Er blieb stehen und ließ sie an ihm vorbei zuerst ins Haus gehen. Als sie das tat, berührte sie leicht seinen Arm. Sie fühlte sich, als hätte sie versehentlich eine kochend heiße Bratpfanne angefasst. Schockiert stellte sie fest, wie heftig sie auf diese flüchtige Berührung reagierte und war dankbar, dass Trace das Paket auf der Veranda anstarrte und sie überhaupt nicht beachtete. Dieses Mal konnte sie ihre Reaktion nicht darauf schieben, dass er sich danebenbenommen hatte, was dazu führte, dass sie noch wütender auf ihn wurde und sich gleichzeitig über sich selbst ärgerte. Sie wollte sich nicht eingestehen, dass dieser Mann es schaffte, sie durcheinander zu bringen. Sie wollte nicht ein weiteres nur allzu leichtes Ziel abgeben.

„Das Kinderbett war eine gute Idee", sagte sie, betrat das Haus und ging direkt ins Wohnzimmer. Dort ließ sie die Taschen auf die Couch fallen. Trace holte den Rest ihres Einkaufs, dann brachte er das UPS-Paket in den hinteren Raum und machte sich an die Arbeit. Das tat sie auch.

Auf der Rückfahrt in die Stadt hatte sie über einige wichtige Dinge nachgedacht.

Auf jeden Fall brauchte Zoey jemanden, der neben ihrem hoffnungslosen Onkel für sie da war. Vielleicht übertrieb sie, aber sie stellte alles in Frage. Eine Sache beschäftigte sie am Meisten. War es wirklich im besten Interesse des Mädchens, wenn sie seinem Onkel half, das volle Sorgerecht zu erhalten?

Als sie Möbelwachs, Kissen und etliche andere Dinge aus den Taschen holte, quälte sie diese Frage. Allein im Wohnzimmer zu tun zu haben, gab ihr Raum zum Nachdenken. Sie schickte ein Gebet zum Himmel und hoffte, dass sie Frieden mit dem würde schließen können, was sie hier tat.

KAPITEL VIER

Paisley bemerkte schnell, dass Trace zwar nicht zu sehen war, sie ihn aber trotzdem nicht aus dem Kopf bekam. Und außer Hörweite war er definitiv auch nicht. Offenbar mochte er die Lieder von Brooks und Dunn, aber sie schätzte, dass Kix und Ronnie ihm vermutlich Geld geben würden, damit er aufhörte, seine Version von „Boot Scootin' Boogie" zu pfeifen!

Sie selbst zog genau das ernsthaft in Erwägung. Doch dann ließ sie es bleiben, denn seltsamerweise kam sie selbst etwas zur Ruhe, als sie hörte, wie er bei der Arbeit pfiff. Sie erkannte, dass er Spaß an dem hatte, was er tat. Auch wenn sie immer noch verärgert und wütend war, so bestand doch kein Zweifel daran, dass dieser Mann aufrichtig entschlossen zu sein schien, für Zoey alles perfekt zu machen. Was sie wieder daran erinnerte, warum sie überhaupt mit ihm einkaufen gefahren war.

Paisley ging im Wohnzimmer umher, sie wachste Tische, arrangierte Möbel neu und begann dann, eine Truhe zu säubern, die sie in der Ecke gefunden hatte. Sie würde eine perfekte Spielzeugkiste abgeben. Und während der ganzen Zeit, die sie arbeitete, machte sie sich Gedanken über den Mann, der sich im angrenzenden Raum befand.

Er schien überhaupt kein Gefühl für Gemütlichkeit zu besitzen. Seine karge Einrichtung, die eher einer „Schlafbaracke" glich, stellte dies eindrücklich unter Beweis – nichtsdestotrotz wirkte er entschlossen, für seine Nichte alles schön herzurichten. Und das war es auch, was Paisley zu der Erkenntnis gelangen ließ, dass es kein Fehler gewesen war, als sie zugestimmt hatte, ihm zu helfen, das Sorgerecht für Zoey zu erlangen.

Mit sich selbst und ihrer Entscheidung im Reinen und arbeitete sie emsig. Es gab viel zu tun, bevor Zoey ankam. Sie hatte gerade den neuen, roten Überwurf über die Lehne der Couch gelegt und befand sich auf dem Weg in die Küche, als Trace mit dem hölzernen Kopfteil des alten Bettes in den Flur kam.

Als sie sah, dass er die Arme voll hatte, eilte sie zur Hintertür und öffnete sie für ihn.

„Vielen Da -", begann er, brach dann aber mitten im Wort ab, als sein Blick über ihre Schulter hinweg ins Wohnzimmer fiel. Er ließ das Kopfteil mit einem dumpfen Knall zu Boden sinken. „Ist das *mein* Wohnzimmer?"

Sie verbiss sich ein Lächeln, kämpfte mit aller Macht dagegen an, denn sie wollte diesen Mann nicht anlächeln. Aber das Lächeln bahnte sich an die Oberfläche und ihre Lippen kräuselten sich. Wie konnte sie auch nicht lächeln? Er betrachtete ihre Arbeit mit der Ehrfurcht eines Kindes, das gerade sein erstes Pony bekommen hatte! Sein Gesichtsausdruck war so glücklich, dass sie sich umdrehte, um noch einmal den ganzen Raum anzuschauen. Es war immer noch das gleiche Zimmer, aber die Möbel glänzten jetzt hell und rochen nach Zitrone. Sie hatte Kissen und Überwürfe auf der Couch arrangiert, außerdem einen farbenfrohen Teppich ausgelegt und ein paar Pflanzen verteilt. Und in der Ecke stand die kleine Truhe, die nun mit Spielzeug gefüllt war. In derselben Ecke befand sich auch ein winziger Tisch mit Malbüchern, von denen sie hoffte, dass sie Zoey gefallen würden.

„Ich bin noch nicht fertig, aber ich finde, es sieht gemütlich aus", sagte sie und sah zu Trace auf. Ihre Schulter berührte seine und sie trat einen kleinen Schritt beiseite und ignorierte das Kribbeln ihrer Haut.

„Gemütlich. Ohne Frage! Vorher sah es aus wie eine Sattelkammer und jetzt sieht es aus wie ein Raum, in dem man ein kleines Mädchen großziehen kann."

Paisley drehte sich zu ihm um. „Ich verspreche dir, Zoey wird es an nichts fehlen, solange ich hier bin."

Er blickte sie nachdenklich an. „Bitte versteh mich nicht falsch. Ich wollte nicht respektlos klingen."

„Das tue ich nicht", sagte sie. „Ich meinte nur,

dass du dir darüber keine Sorgen machen musst."

„Das einzige, über das ich mir wirklich keine Sorgen mache, bist du", sagte er. „Ich weiß, dass du großartig mit ihr umgehen wirst. Um mich selbst mache ich mir Sorgen. Um ehrlich zu sein, ich weiß zwar alles was man über die Aufzucht eines Kalbes oder eines Fohlens wissen kann. Du weißt schon, was sie brauchen, um stark zu werden und sich gut zu entwickeln. Aber ein kleines Mädchen …"

Gerührt fühlte Paisley den Drang, ihn zu beruhigen. „Entspann dich. Du wirst es gut machen."

Er schien sich dessen nicht allzu sicher zu sein, hob dann aber das Kopfteil wieder hoch und entfernte sich. Vorher warf er ihr noch ein kleines Lächeln zu, ein Lächeln, das nicht als Flirt gemeint war. Es war eher ein Zeichen seiner Unsicherheit und Nervosität. Dieser Mann war ihr ein Rätsel. Sie blickte ihm länger als nötig hinterher, als er sich auf den Weg in Richtung Scheune machte. Ein Rätsel, dass sie nichts anging, rief sie sich in Erinnerung, als sie zu ihrer Arbeit zurückkehrte.

Ihre Gedanken zeigten sich jedoch nicht

kooperativ und kehrten unverzüglich zu einer kleinen Schachtel mit professionellen Fotos zurück, die sie ganz unten in der Truhe gefunden hatte, die sie für Zoeys Spielzeug ausgeräumt hatte. Sie zeigten Trace, wie er an verschiedenen Rodeos teilnahm. Dass er sie unter einer Handvoll alter Pferdemagazine versteckt hatte, anstatt sie an der Wand aufzuhängen, sorgte dafür, dass sie sich fragte, ob er wohl wirklich so von sich überzeugt war, wie sie bisher angenommen hatte. Wer weiß.

Sie hatte sie auf den Couchtisch gelegt, als würde sie ein Blatt Karten verteilen und nicht gewusst, was sie mit ihnen anfangen sollte. Nun schob sie sie wieder zusammen, ging in die Küche und schob sie dort in eine Schublade. Aber erst, nachdem sie noch einmal innegehalten und sie betrachtet hatte. Auf mehreren Bildern ritt er Bullen und dieser Anblick von Trace auf dem Rücken dieser mächtigen Tiere, sorgte dafür, dass ihr beinahe das Herz stehenblieb. Obwohl sie nichts vom Bullenreiten verstand, musste sie zugeben, dass er den Eindruck vermittelte, die Situation völlig unter Kontrolle zu haben. Sein Körper war nach hinten gelehnt, ein Arm umklammerte das Seil, den anderen nutzte er, um das Gleichgewicht zu halten. Es war atemberaubend und gefährlich und sie konnte nicht aufhören, es anzustarren.

Die anderen Fotos zeigten ihn bei etwas, von dem sie glaubte, dass man es als Stierwrestling bezeichnete. Auf einem schwang er sich aus dem Sattel und folgte einem Stier. Auf anderen Bildern hatte er das Tier gepackt und war gerade dabei, es zu Boden zu ringen, indem er seine Arme um dessen Hörner legte und sie verdrehte, während er seine Füße in den Sand stemmte. Auch wenn diese Bilder nicht ganz so gefährlich aussahen wie die anderen, so zeigten auch sie Trace „den Cowboy" Crawford in Perfektion. Er war wendig und athletisch und sein Gesichtsausdruck verriet, dass es ihm äußerst wichtig war, seine Aufgabe zu meistern … und jetzt konzentrierte sich derselbe Mann darauf, ein Zuhause für ein kleines Mädchen zu schaffen, dem weder Heim noch Mutter geblieben waren.

Er benahm sich zwar *immer noch* regelmäßig wie ein Idiot, aber nicht, wenn es Zoey betraf. Vielleicht waren es *wirklich* die Nerven. In einigen Fällen mochten seine Nerven als Entschuldigung herhalten, aber was Rene anging, ließ sie das nicht gelten.

„Da ist sie", sagte Paisley am Donnerstag. Sie und Trace standen nebeneinander auf der Veranda und sahen zu, wie ein Auto in die Einfahrt einbog. Der Mann neben ihr hatte es beinahe geschafft, eine Kuhle in die Verandabretter zu stapfen, so häufig war er hin- und her gelaufen, während sie auf Zoeys Ankunft gewartet hatten.

In den letzten Tagen waren sie damit beschäftigt gewesen, aus seinem Haus ein Zuhause zu machen. Mrs. Reynolds, die Sozialarbeiterin, war am Dienstag herausgekommen und hatte Trace zu seiner großen Freude offiziell bestätigt, dass alles in Ordnung war – und dann war entschieden worden, dass Zoey an diesem Tag kommen würde. Paisley hatte noch nie in ihrem Leben einen Mann gesehen, der so gleichermaßen erleichtert, überrascht und verängstigt ausgesehen hatte.

Sie war gezwungen gewesen, viel Zeit mit ihm zu verbringen, als sie das Haus in Ordnung gebracht hatten. Sie hatte angenommen, dass das Okay der Sozialarbeiterin ihm geholfen hatte, sich etwas zu entspannen. Aber als sie ihm jetzt dabei zusah, wie er unablässig auf der Veranda auf und ab ging, begann sie sich zu fragen, ob sie nicht ihre Zeit besser damit verbracht hätte, *ihn* in Ordnung zu bringen.

Er wirkte wie versteinert, als er sich zu ihr umdrehte. „Sehe ich okay aus? Ich meine, sehe ich – glaubst du, sie wird mich mögen? Ich werde sie nicht erschrecken, oder?"

Obwohl sie wusste, wie nervös er war, kam diese Frage unerwartet. „Natürlich wirst du sie nicht erschrecken", sagte sie und dann überraschte sie sich selbst damit, dass sie seine Hand nahm und drückte. „Sie wird dich lieben", versicherte sie ihm. Nicht, dass es etwas half. Er sah immer noch so aus, als würde er an einem Abgrund stehen, als er seinen Blick wieder auf das Auto richtete, das nun in der Einfahrt stehen blieb. Paisley ließ seine Hand los und erwartete, dass er die Veranda verlassen würde, um Mrs. Reynolds zu begrüßen, aber er rührte sich nicht.

Mrs. Reynolds stürzte auf sie zu, ihre Arme

bewegten sich hektisch und ihre Augen zeigten den gehetzten Blick einer Frau, die viel zu tun hatte, der aber nicht ausreichend Zeit für alle ihre Aufgaben zur Verfügung stand.

„Ich habe ihre Sachen", sagte sie in Eile. „Es wäre gut, wenn Sie den Kofferraum ausladen könnten, während ich sie aus dem Autositz nehme. Denken Sie daran, was ich Ihnen gesagt habe, sie ist eher ein ruhiges Kind. Aber ich denke, mit der Zeit wird sie aus sich herauskommen. Normalerweise würde ich solange bleiben, bis sie sich etwas eingewöhnt hat, aber ich habe einen Anruf bekommen und werde woanders benötigt. Es handelt sich um einen Notfall, ich werde mehrere Kinder in meine Obhut nehmen müssen." Sie fuhr herum und hastete zurück zu ihrem Auto.

„Können Sie nicht noch etwas bleiben, damit es ihr leichter fällt, sich einzugewöhnen?", rief Trace ihr nach und bewegte sich endlich, als er ihr mit schweren Schritten folgte.

„Sie brauchen mich gar nicht. Ich habe bei meinem letzten Besuch gesehen, dass Sie bestens vorbereitet sind. Zoey wird bei Ihnen in sehr guten

Händen sein. Und dann können Sie ja auch noch auf Miss Nortons Hilfe zählen", rasselte Mrs. Reynolds über ihre Schulter hinweg herunter. „Haben Sie keine Angst. Sie werden sich schon alle aneinander gewöhnen."

Er blieb stehen und sah Paisley so erschrocken an, dass sie quasi hören konnte, wie er in Gedanken schrie: „Was meinen Sie damit, ich soll keine Angst haben?"

„Aber ich *brauche* sie", sagte er stattdessen.

Paisley runzelte die Stirn. Das war lächerlich! Was war nur los mit ihm? „Jetzt entspann dich mal. Wenn sie wegmuss, kann sie eben nicht länger für uns da sein. Diese Kinder brauchen sie mehr als du", zischte sie leise, denn sie wollte verhindern, dass Mrs. Reynolds ihre Worte hörte. „Alles wird gut. Hol die Sachen aus dem Kofferraum und reiß dich zusammen."

Düster dreinschauend ging er zum Kofferraum, während Paisley Mrs. Reynolds dabei zusah, wie sie Zoey aus dem Kindersitz in ihre üppigen Arme hob.

Zoey hatte lange, sandblonde Locken, die ihr fast bis auf die Schultern herabreichten und große, ernsthafte Augen, die Paisley sofort an Trace erinnerten. Der klare haselnussbraune Ton war der Farbe seiner Augen so ähnlich, dass Paisley gewusst hätte, dass es sich bei dem Mädchen um seine Nichte oder sogar um seine Tochter handeln musste, selbst wenn sie sich in einem Raum mit zwanzig anderen Kindern befunden hätte. Sie war entzückend.

Trace kam mit einem kleinen Koffer in der Hand hinter dem Wagen hervor, dann blieb er plötzlich wie angewurzelt stehen und starrte Zoey an. Der Ausdruck in seinem Gesicht war herzerweichend, als er zum ersten Mal in seinem Leben seine Nichte erblickte. Er schien den Atem anzuhalten und im hellen Sonnenschein war der Schimmer von Tränen in seinen Augen unverkennbar. Paisley schluckte schwer und spürte, wie ihr selbst Tränen in die Augen traten. Sie war fasziniert von den Gefühlen, die Trace ausstrahlte. Seine Miene legte nahe, dass er Zoey jeden Moment in eine seiner überschwänglichen Umarmungen ziehen würde … nur dass er sich nicht rührte. Stattdessen warf er Paisley einen verlorenen Blick zu.

In diesem Moment wurde ihr klar, dass etwas nicht stimmte. Wirklich ganz und gar nicht stimmte.

In den letzten Tagen hatte sie seine Handlungen als die eines eingeschüchterten Junggesellen abgetan, der durch die noch neuen Gewässer unerwarteter Elternschaft navigierte, … ja, sie hatte gedacht, dass er etwas übertrieb. Aber als sie nun sah, wie er sich vor ihren Augen komplett in sich selbst zurückzog, erkannte sie, dass seine Angst tiefer ging, als sie es für möglich gehalten hatte.

Zoey klammerte sich an ihren Stoffhasen, sah ihn jedoch mit glänzenden Augen an. Paisley befürchtete, dass er sie nun doch erschrecken würde.

„Zoey, das ist dein Onkel Trace", sagte Mrs. Reynolds, die so darauf bedacht war, zu ihrem Notfall zu kommen, dass sie übersah, was sich genau vor ihren Augen abspielte. Sie setzte das arme Kind auf dem Boden ab und sprach mit ihr, als wäre sie mit ihren zwei Jahren schon alt genug, um zu verstehen, was mit ihr geschah. „Wie ich dir schon erzählt habe, meine Kleine, du wirst jetzt bei ihm leben. Ist das nicht wundervoll?"

Trace stellte den Koffer ab, rührte sich ansonsten aber nicht – zumindest lief er nicht davon. Paisley hoffte, dass er etwas sagen und Zoey umarmen würde. Oder sich zumindest zu ihr herabbeugen und etwas sagen würde, was den Moment für sie etwas leichter machen würde. Ihrem Gesicht war anzusehen, dass sie sich zunehmend unbehaglich fühlte. Doch er stand nur stocksteif da wie eine gefrorene Fahnenstange.

Mrs. Reynolds runzelte die Stirn, versuchte es aber noch einmal. „Zoey, sag Hallo zu deinem Onkel Trace", drängte sie.

„Hallo", murmelte Zoey pflichtbewusst mit so leiser Stimme, dass es Paisley das Herz zerriss.

Endlich reagierte Trace! „Hi", krächzte er, machte aber immer noch keinen Schritt auf sie zu.

Mrs. Reynolds warf einen Blick auf ihre Uhr und schloss dann die Autotür. Sie war im Begriff zu gehen. Paisley ertrug den Ausdruck in Zoeys Augen nicht, als sie auf die geschlossene Tür starrte. Sie schien zu befürchten, wieder einmal mit völlig Fremden alleingelassen zu werden. Selbst mit ihrem Alter hatte sie das bereits verstanden.

Heiße Wut durchfuhr Paisley und sie ertrug es nicht länger, nur tatenlos dabeizustehen und mitanzusehen, wie diese Situation sich immer weiter verschlechterte, daher griff sie nun selbst ein. Sie würde ähnlich vorgehen wie mit einem Kind am ersten Schultag, das noch nicht bereit war, seine Eltern gehen zu lassen.

Was war bloß in Trace Crawfords Vergangenheit geschehen, dass ein solches Verhalten erklären würde? Paisley kniete sich vor Zoey auf den Boden und lächelte herzlich. „Hallo Zoey. Ich bin Paisley und werde mich um dich kümmern. Ich denke, wir werden die besten Freunde werden. Wie heißt denn dein Häschen?"

Ihr Blick flackerte leicht, als sie von Paisley zu ihrem Stoffhasen schaute. Paisley sehnte sich danach, sie in ihre Arme zu schließen.

„Friend", sagte Zoey und hielt ihr den Hasen hin. Das Wort klang eher wie *Fa-Wind*, war aber nur allzu verständlich. Das Häschen war ihr Freund … und schien ihr Trost zu schenken, das konnte Paisley sehen.

„Was für ein schöner Name", sagte sie. „Was hältst du davon, wenn du, Friend und ich ins Haus gehen und Kekse und Milch essen? Ich werde auch dein Freund sein, einverstanden?"

Zoey warf einen zögerlichen Blick in Trace' Richtung und nickte dann.

„Darf ich dich hochheben?", fragte Paisley und war erleichtert, als die Kleine ein weiteres Mal zaghaft nickte.

Paisley hatte sie von dem Moment an umarmen wollen, in dem sie sie erblickt hatte und genau das tat sie jetzt. Zu ihrer Überraschung legte Zoey die Arme um sie und ließ sie nicht mehr los, sie klammerte sich mit einer Kraft an Paisley, die diese einem so kleinen Mädchen nicht zugetraut hätte. Paisley hielt sie fest und stand mit ihr in den Armen auf, dann warf sie der Statue neben sich einen vernichtenden Blick zu, während sie ihrer Stimme nichts anmerken ließ.

„Wir werden uns ein paar Cookies genehmigen, während Sie hier draußen alles erledigen, in Ordnung?", fragte sie Mrs. Reynolds, aber eigentlich war ihr egal, was Trace oder die Frau antworten würden. Sie war hier, um sich um Zoey zu kümmern und plötzlich war sie sehr dankbar dafür, dass sie sich bereit erklärt hatte, zu helfen.

„Perfekt", erwiderte die Sozialarbeiterin. „Wenn ich gehe, weiß ich, dass ich Zoey in guten Händen zurücklasse."

„Darauf können Sie sich verlassen", versicherte Paisley ihr und marschierte auf das Haus zu.

Sie hörte noch, wie Mrs. Reynolds Trace verblüfft fragte, ob mit ihm alles in Ordnung sei. Paisley konnte seine Antwort nicht mehr hören, als sie die Stufen hochstieg und das Fliegengitter öffnete, aber sie würde ihm was erzählen … darauf konnte er sich verlassen.

Der Mann war quasi zu einer Salzsäule erstarrt.

Auf der einen Seite war sie unglaublich wütend auf ihn, auf der anderen hatte sie echte Gefühle in seinen Augen erblickt und erkannt, dass ihm das kleine Mädchen etwas bedeutete. Offensichtlich ging hier mehr vor sich, als sie gedacht hatte, als sie den Job angenommen hatte, aber sie würde schon herausfinden, was genau das war.

KAPITEL FÜNF

Trace beobachtete, wie sich Mrs. Reynolds' Auto entfernte. Was war bloß in ihn gefahren! Er hatte einfach nur dagestanden. Unfähig sich zu rühren musste er wie ein Trottel gewirkt haben.

Aber als er sie angesehen hatte, wie sie da so vor ihm gestanden hatte mit dem Häschen in den Händen, da hatte er *Steph* gesehen. Es hatte sich wie ein Schlag in die Magengrube angefühlt und alle Luft war aus seinem Körper gewichen und er war unfähig gewesen, zu atmen. Zoey war ein Abbild ihrer Mutter, als diese in ihrem Alter gewesen war. Die große Ähnlichkeit hatte seine Beklommenheit noch verstärkt und ihm war gewesen, als würde er auf eine noch unbemalte Leinwand blicken. Sie war so perfekt. So ohne Makel … ganz so, wie Steph es gewesen war, bevor ihrer aller Leben auseinandergefallen war. Er hatte mit eigenen Augen mitansehen müssen, dass das sinnbildliche Porträt des Lebens seiner Schwester nicht von einem schönen Gemälde gekrönt worden war. Er schob die bedrückenden Gedanken beiseite und stapfte die Treppe hinauf, um die Tür zu öffnen.

Schon sein ganzes Leben lang hatte es sich angefühlt, als hätte er seine ältere Schwester im Stich gelassen und der Umstand, dass sie Zoey von ihm ferngehalten hatte, schien zu bestätigen, dass sie angenommen hatte, dass er auch ihre Tochter enttäuschen würde. Diese Erkenntnis nagte schon seit Monaten in ihm, aber so richtig getroffen hatte ihn dieser Gedanke erst, als er Zoey gesehen hatte. Womöglich hatte Steph sehr wohl gewusst, was sie tat, als sie niemandem von ihm erzählt hatte – und hatte gehofft, Zoey vor einer ähnlichen Kindheit zu bewahren, wie sie selbst sie erlebt hatte. Oder war es vielleicht einfach nur eine Trotzreaktion gewesen?

Von Fragen geplagt stellte er Zoeys Koffer im Flur ab und ging dann langsam auf die Küche zu, aus der er Paisleys Stimme vernahm.

Nur einer Sache war er sich im Augenblick absolut sicher. Er würde Norma Sue, Adela und Esther Mae das nächste Mal, wenn er sie sah, vor Dankbarkeit umarmen! Sie hatten ihm einen riesigen Gefallen getan, als sie ihn dazu überredet hatten, Paisley um Hilfe zu bitten. Ohne sie wäre sein Vorhaben schon zu Beginn zum Scheitern verurteilt gewesen.

Er blieb vor der Tür stehen und atmete tief ein, um seine Nerven zu beruhigen. Um Himmels willen, es ging ihm schlechter als vor drei Jahren, als er von einem wütenden Bullen zu Boden getrampelt worden war. Diese Begegnung hatte ihm ein paar gebrochene Rippen, gerissene Bänder und eine gequetschte Milz eingebracht – es war so schlimm gewesen, dass Trace beschlossen hatte, diese Beschäftigung an den Nagel zu hängen … und jetzt schien ein kleines Mädchen all das in den Schatten zu stellen. Doch genau so war es.

Er stand in der Diele und hörte mit an, was im

angrenzenden Raum gesagt wurde, als er sich darum bemühte, sich seinem neuen Leben zu stellen. Hier war es nun, ob er dazu bereit war oder nicht.

„Ich mag es, meine Kekse einzutauchen", sagte Paisley.

Er konnte keine Antwort ausmachen, hörte Paisley aber kichern. Dieses Geräusch war unverfälscht und umwerfend und dann taumelte das Herz in seiner Brust, als Zoey ebenfalls zaghaft kicherte. Trace lächelte ganz automatisch, als er das hörte. Er war Paisley so dankbar! Sie hatte nicht nur den heutigen Tag, sondern die gesamte Situation gerettet. Sie gab ihm Hoffnung.

„Komm, wir tauchen noch einen ein, während wir auf deinen Onkel Trace warten. Ich bin mir sicher, dass er ganz in der Nähe ist."

Sie hatte ihn bemerkt. Trace holte tief Luft und straffte seine Schultern – er bat um Beistand und folgte ihrer Aufforderung. Er würde einen klaren Kopf und seine Stimme benötigen.

„Da ist er ja", sagte Paisley strahlend, warf ihm aber einen fragenden Blick zu, als er um die Ecke bog.

Das brachte ihn für einen Moment aus der Fassung. Sie mochte den Tag gerettet haben, würde ihn aber später unweigerlich zur Rechenschaft ziehen.

Er ging zum Tisch hinüber und versuchte zu lächeln, doch sein Gesicht fühlte sich merkwürdig starr an und seine Kehle war in etwa so trocken, wie eine Stierkampfarena im August. Aber dieses Mal würde er reden.

„Hi, Zoey", sagte er und schluckte den Kloß in seinem Hals herunter. Sie saß vor ihm auf einem Stuhl und sah mit großen Augen zu ihm hinauf, sodass er sich wie ein Riese vorkam. Paisley saß ebenfalls. So wie er es zuvor bei Paisley gesehen hatte, ging er vor Zoey in die Hocke. Er sehnte sich danach, sie in seine Arme zu ziehen und fühlte sich doch so ungenügend, während sie ihn anstarrte.

„Trace, soll ich dir was verraten?", fragte Paisley fröhlich und brachte ihn so dazu, zu ihr herüberzuschauen.

„Was denn?", wollte er wissen und sah sie fragend an. „Zoey liebt Umarmungen. Und sie hat erzählt, dass Friend das auch tut. Was ist mit dir? Magst du

Umarmungen?"

Er nickte und sah Zoey an. Das schüchterne Lächeln des kleinen Mädchens sorgte in diesem Moment dafür, dass er sie unwiderruflich ins Herz schloss – was all seine Unzulänglichkeiten nur umso unerträglicher machte.

„Ich mag Umarmungen sehr gern", brachte er heraus, doch seine Stimme brach. Das hier war seine Nichte. Das Kind seiner Schwester. Sein eigenes Fleisch und Blut. „Kann ich dich umarmen?", fragte er und Zoey streckte beide Arme aus, das Stoffhäschen in einer Hand haltend. Trace fühlte sich von Emotionen übermannt, die er nie zuvor verspürt hatte, dann zog er sie behutsam an sich und legte seine Arme um sie. Sie roch nach Schokoladenkeksen und Milch, vermischt mit dem süßen Duft eines Kindershampoos. Ihre Locken kitzelten ihn in der Nase und über ihren Kopf hinweg begegnete er Paisleys unverwandtem Blick. In ihren Augen glitzerten Tränen, als er mit seinen Lippen still das Wort „Danke" formte.

Er schuldete ihr bereits jetzt mehr, als er ihr je würde bezahlen können und das war nur der Anfang.

Als er Zoey losließ und sich neben sie setzte, fragte er sich, was er Paisley wohl bis zum Ende des Sommers schulden würde.

Die altbekannten Ängste sammelten sich in seinem Hinterkopf wie eine Herde Vieh, die versucht, durch ein geschlossenes Gatter zu entkommen. Aber er hielt sie im Zaum und konzentrierte sich auf den Moment.

„Möchtest du, dass dir dein Onkel Trace dein Zimmer zeigt?", fragte Paisley.

Zoey nickte und warf ihm ein herzerwärmendes Lächeln zu.

Er stand auf, hob sie vom Stuhl und setzte sie auf dem Boden ab. Er verwarf den Gedanken, sie in ihr Zimmer zu tragen. Als sie ihre kleine Hand in seine legte und vertrauensvoll zu ihm aufblickte, verengte sich seine Kehle erneut und er fühlte sich, als hätte er einen Schlag in den Magen bekommen.

„Spielst du gern mit Puppen?" zwang er sich zu fragen und spürte, wie seine Stirn feucht wurde. Sie nickte, antwortete aber nicht, als sie die Küche verließen.

Paisley folgte ihnen den Flur entlang, aber auf halbem Weg trat er einen Schritt zur Seite. „Geh du vor", sagte er zu ihr. Sie hatte so viel Arbeit in die Gestaltung dieses Raumes gesteckt, da wollte er ihr den Anblick von Zoeys Gesicht, wenn sie ihr Zimmer zum ersten Mal betrat, nicht vorenthalten. Diese Belohnung hatte sie sich verdient.

Und er selbst brauchte noch einen Moment, um sich zu sammeln. Er konnte das. Er tat es ja bereits. Paisley war hier, sie half und redete ihm gut zu.

Sie lächelte, als würde sie es verstehen und ging dann an ihnen vorbei. „Oh, vielen Dank", sagte sie dramatisch. „Ich kann es gar nicht erwarten, endlich zu spielen!"

„Ich auch nicht", sagte Zoey mit einer Lebhaftigkeit, die ihr elfenhaftes Gesicht zum Leuchten brachte. Sie ging voran, blieb dann aber mit Augen so groß wie Wagenräder, in der Tür stehen. Ein Keuchen entrang sich ihren Lippen. Er konnte sie nur allzu gut verstehen, hatte er doch dasselbe empfunden, als er vor ein paar Tagen nach Hause gekommen war und gesehen hatte, was Paisley geschaffen hatte. Die

Vorhänge waren rosa und flauschig, die Bettdecke auf dem Kinderbett bestand aus einem weichen, einladend aussehenden Stoff, der von glitzernden Fäden durchzogen war. Die Lampe, für die Paisley praktisch Haut und Haar riskiert hatte, stand neben dem Bett auf einem Nachttisch und warf kleine Sterne an die Decke – wie das bei Tageslicht möglich war, blieb Trace ein Rätsel, doch da waren sie. Und obwohl dies alles wunderschön aussah, so war es doch eine andere Ecke des Raumes, die Zoeys ganze Aufmerksamkeit in Anspruch nahm. Dort hatte Paisley aus schimmerndem Stoff ein Zelt aufgebaut, in dem sich Puppen und allerlei anderes Spielzeug befanden.

Paisley Hand wanderte zu ihrem Herzen, als sie Zoeys ehrfürchtigen Gesichtsausdruck sah.

Zoey ging ohne zu zögern in das Zelt, legte ihren Hasen in das winzige Puppenbett und steckte die Decke um ihn herum fest. Dann setzte sie sich neben die Puppen und nahm erst eine, dann eine andere in die Hand.

Trace stellte sich neben Paisley und konnte nicht anders, als einen Arm um ihre Taille zu legen und sie leicht an sich zu ziehen – er selbst schien diesen Kontakt zu brauchen und er hoffte, dass sie ihn nicht schlagen würde.

„Ich denke, es gefällt ihr", sagte er leise.

Sie sah mit feuchten Augen zu ihm auf, die ihm den Atem raubten. Plötzlich wurde der Ausdruck der Rührung von einem herausfordernden Funkeln abgelöst und sie grinste schelmisch. „Danke", sagte sie und schlüpfte aus ihren Sandalen. „Jetzt zieh deine Stiefel aus, Cowboy. Es ist Zeit zu spielen."

„Spielen?", fragte er überrascht.

Sie ergriff seine Hand, zog ihn zum Zelt und fragte: „Du weißt doch, wie man spielt, oder?"

„Mit Puppen?"

Sie nickte. „Du wirst mit Puppen spielen müssen, wenn du der Daddy eines kleinen Mädchens sein möchtest."

Daddy. Er stemmte seine Füße in den hölzernen Boden. „Ich weiß nicht, wie man mit Puppen spielt!"

„Das wirst du lernen", sagte Paisley lachend. „Schau nicht so ernst drein. Das macht Spaß."

Er schwitzte heftig und befürchtete ernsthaft, er

könnte ohnmächtig werden und sie sagte ihm, dass es Spaß machen würde. „Spaß", krächzte er und wischte sich mit einem Ärmel seines Hemdes den Schweiß von der Stirn.

Paisley zog die Augenbrauen zusammen, dann legte sie einen Arm in seinen. „Männer!", seufzte sie, dann zog sie ihn mit sich. „Entspann dich, du Macho, vielleicht gefällt es dir ja sogar."

KAPITEL SECHS

„Halt mal", sagte Zoey sofort, nachdem er im Zelt Platz genommen hatte und drückte ihm eine Puppe in die Hand.

Unbeholfen nahm er die rundliche Gummipuppe und die Flasche, die Zoey ihm hinhielt. Als das Kind einen Schritt zurücktrat und ihn mit großen Augen ansah, sah er so hinreißend aufgeschmissen aus – nun ja, also er sah aufgeschmissen aus. Er schien eine Heidenangst zu haben.

Paisley hatte gedacht, dass es ihm guttun würde, wenn er ein paar Minuten bekäme, um sich zusammenzureißen. Und das hatte es auch – ungefähr eine Sekunde lang. Sie kam sich vor wie bei einem Hindernislauf, wenn es um diesen Mann ging – immer, wenn sie eine Hürde überwunden hatte, tat sich eine neue vor ihr auf.

„Gib ihr das Fläschchen", wies sie ihn an. „Und jetzt wiege die Puppe in deinen Armen." Er sah mehr wie ein Vater aus, dem man gerade zum ersten Mal sein Neugeborenes reichte, als jemand, der eine Puppe in die Hand gedrückt bekommen hatte, aber er tat, was sie gesagt hatte.

Zoey beobachtete, wie Trace die Flasche in den Mund der Puppe steckte. Daraufhin warf er ihr ein strahlendes Lächeln zu – das wirklich der Hammer war. Aber Zoey erwiderte sein Lächeln nicht. Stattdessen nickte sie zufrieden, wandte sich einer anderen Puppe zu und schob diese zusammen mit einer winzigen Decke in Paisleys Richtung. Erneut sah sie sie erwartungsvoll an.

Paisley, die wollte, dass das Kind sich bestätigt sah, wickelte die Puppe sanft in die Decke und drückte sie an sich. „Du bist ja ein hübsches Baby", sagte sie und wiegte sie behutsam.

Zoeys Lippen kräuselten sich leicht und sie schien zu dem Schluss zu kommen, dass ihre Babys in guten Händen waren. Dann nahm sie die anderen Dinge, die sich im Zelt befanden, in Augenschein. Sie bemerkte den winzigen roten Schaukelstuhl, setzte sich anmutig hinein und beobachtete sie mit ernstem Blick.

Trace sah Paisley an wie ein verloren gegangener Hundewelpe. Im einen Moment wollte sie diesen Mann erwürgen, im nächsten spürte sie den Drang, ihn in den Arm zu nehmen und ihm zu sagen, dass alles gut werden würde.

Mein Gott, also das würde nicht geschehen! Unter keinen Umständen! „Zoey gewöhnt sich an uns, denke ich", sagte sie stattdessen und konzentrierte sich. Die Stille des kleinen Mädchens machte ihr Sorgen, aber das behielt sie vorerst für sich. Sie glaubte nicht, dass Trace im Augenblick etwas anderes als Ermutigung vertragen konnte.

„Möchtest du eines der Babys in den Arm nehmen?", fragte sie, aber Zoey schüttelte nachdrücklich den Kopf.

„Dann bleib du ruhig im Schaukelstuhl sitzen und wir kümmern uns um die Babys. Stimmts, Onkel Trace?"

Trace runzelte die Stirn und sein Kiefer wurde noch angespannter – sofern das überhaupt möglich war. Sie nickte ihm aufmunternd zu und forderte ihn still auf, dem Gespräch etwas hinzuzufügen. Er musste daran teilhaben. Er musste lockerer werden.

„Ja", sagte er schließlich. „Wir werden sie in unseren Armen wiegen." Er schaukelte die Puppe hin und her, sodass es Paisley schwerfiel, ein Kichern zu unterdrücken. Diesem Mann musste sie eindeutig sagen, was zu tun war und die arme Puppe würde demnächst wohl einen Streckverband benötigen.

Sie hielt es nicht länger aus. Sie musste mit Trace sprechen und die arme Zoey war bestimmt müde, also entschied Paisley, dass es an der Zeit für ein Schlaflied war. Sie begann, leise zu singen und in der Tat ließ sich Zoey nicht lange bitten. Beinahe augenblicklich rutschte sie von ihrem Stuhl und kuschelte sich neben den Puppen in die weiche Decke. Paisley strich ihr sanft übers Haar und tätschelte ihren Rücken.

Sobald sie ihre Augen geschlossen hatte, stand Trace auf und verließ erst das Zelt, dann den Raum.

Er wartete nicht einmal, bis Paisley aufgestanden war.

Dieser Mann … war das derselbe Mann, dem die Bilder in der Schublade attestierten, dass er einen fünfhundert Kilogramm schweren tobenden Bullen mit Leichtigkeit und Finesse geritten hatte? Fürchtete er sich wirklich vor diesem kleinen Mädchen, das nun ein Teil seines Lebens war oder steckte noch mehr dahinter?

Es war Zeit für Antworten.

Sie fand ihn auf der Veranda, wo er wie ein High School Basketballtrainer auf und ab schritt. Er rieb sich den Nacken, was er immer tat, wenn er unter Stress stand, wie ihr aufgefallen war. Als sie die Tür schloss, drehte er sich abrupt zu ihr herum.

„Was habe ich mir nur gedacht?", knurrte er und ging weiter auf und ab. „Hast du gesehen, wie sie mich angesehen hat? Sie ist ein unschuldiges kleines Mädchen – was weiß ich schon darüber, wie man ein kleines Mädchen großzieht? Sie wird besondere

Aufmerksamkeit benötigen. Jemanden, der sie anleitet. Sie wird Dinge brauchen, die ich ihr nicht geben kann! Was bin ich nur für ein Idiot -"

„Hör auf!", unterbrach ihn Paisley und stellte sich vor ihn. „Was ist dein *Problem*?", fragte sie. „Es ist offensichtlich, dass es hier um mehr geht als nur um die Ängste eines frischgebackenen Vaters. Meinst du nicht, dass es an der Zeit ist, mich einzuweihen?"

Er schluckte schwer, aber anstatt sich ihr anzuvertrauen, zog er sich in sich selbst zurück und stakste steifbeinig von der Veranda in Richtung Scheune.

„Warte, Trace!", rief sie und rannte ihm nach. Als er nicht innehielt, packte sie ihn am Arm mit der Absicht, ihn zu sich herumzuziehen, aber er lief so zielstrebig weiter, dass er sie stattdessen mit sich zog. „Irgendetwas ist doch mit dir", sagte sie und stolperte neben ihm her, darum bemüht, nicht zu fallen und fest entschlossen, ihn zum Reden zu bringen. „Ich weiß nicht, was es ist, aber ich finde, dass ich eine Antwort verdiene. Du hast mich eingestellt, damit ich dir helfe. Wie soll ich das tun, wenn ich nicht weiß, was Sache ist? Es ist an der Zeit, dass du mir die Wahrheit darüber sagst, warum du ständig in Angst bist seit du erfahren hast, dass dieses kleine Mädchen zu dir kommen wird."

Er blieb am Zaun stehen und starrte auf die Stute und ihr junges Fohlen dahinter. Jede Faser seines Körpers strahlte eine ungeheure Anspannung aus. Paisleys Herz hämmerte gegen ihre Rippen und ohne einen weiteren Gedanken ließ sie seinen Arm los, legte eine Hand zwischen seine Schulterblätter und strich beruhigend über seinen Rücken. Sie spürte, wie sich seine Muskeln unter ihrer Hand anspannten. Er atmete tief ein.

„Sprich mit mir", drängte sie.

Es war ungewöhnlich heiß für die letzte Woche im Mai und die Nachmittagssonne knallte auf sie herab. Doch das war nichts im Vergleich zu der unglaublichen Hitze in Trace' Augen, als er sich plötzlich herumschwang und sie ansah. Wütend und rasend vor Zorn blickte er sie an.

„Ich *kann* das nicht", stieß er hervor. „Was habe ich mir nur dabei gedacht?"

Paisley trat einen Schritt zurück, als hätte er sie geschlagen. Dieser feige Jammerlappen! Sie hatte Mitleid mit diesem Kerl gehabt, aber das war nun nicht mehr der Fall. „Ich weiß nicht, was dein Problem ist, Kumpel, aber diese Selbstmitleidstour, die du hier abziehst, muss aufhören."

„Selbstmitleidstour?" Unglaube färbte seine Stimme rau. „Ist es das, was du denkst? Eines kannst du mir glauben, es tut mir nicht um mich leid, sondern um sie. Ich bin ein Mann, der nicht mal annähernd die Möglichkeiten hat, ihr mitzugeben, was es bräuchte, um eine gute Frau zu werden. Stephanie hatte recht, mir nichts von ihrer Tochter zu erzählen. Zoey wäre in einer Pflegefamilie besser aufgehoben gewesen …"

Die letzten Worte hatte er so leise hervorgebracht, dass Paisley Mühe hatte, sie zu verstehen. Die schonungslose Ernsthaftigkeit, mit der er sie ausgesprochen hatte, erschütterten Paisley. Er glaubte wirklich, dass er Zoey enttäuschen würde – warum tat er das? „So etwas hätte ich nicht von dir erwartet", fauchte sie. „Warum sprichst du schon von einer Niederlage, wenn du noch gar nicht richtig angefangen hast?“ Am liebsten hätte sie ihn am Kragen gepackt und ordentlich durchgeschüttelt, stattdessen stemmte sie die Hände in die Hüften und starrte ihn an.

„Bitte schrei nicht. Du weckst sonst Zoey auf und ich bin noch nicht soweit“, sagte er ernsthaft.

„Fang an zu reden oder ich schreie“, drohte sie, obwohl sie das nicht tun würde. Zoey musste ihn wirklich nicht in diesem Zustand sehen.

Er rieb sich den Nacken und lehnte sich gegen den Zaun. Einen Stiefel hatte er auf einem der Stahlrohre, die die Einfriedung umgaben, abgestellt. Er holte erneut tief Luft, als müsse er erst seine Gedanken ordnen.

Er gab schon ein beeindruckendes Bild ab, er hätte glatt die Titelseite eines Buches oder die CD-Hülle einer Country CD zieren können. Er war wunderschön – auf eine völlig maskuline Art und Weise. Aber hinter der ansprechenden Fassade dieses Mannes musste sich einfach noch etwas anderes verbergen … das musste es.

„Hör mal, trotzdem ich dich nicht besonders mag, habe ich irgendwann in den letzten Tagen begonnen, dir die Daumen zu drücken. Um Zoeys willen", fügte sie hinzu, damit er nicht auf falsche Gedanken kam. „Komm schon, Trace. Erzähl mir alles, damit ich dir helfen kann."

Seine Schultern sackten nach vorn und er sah aus, als wäre Reden so ziemlich das letzte, was er gerade tun wollte. „Mein Vater hat sich immer auf Rodeos herumgetrieben."

Die Worte waren schal. Entschuldigend. Als wäre es seine Schuld, dass sein Vater ein Herumtreiber gewesen war.

„Er hat uns verlassen, als ich ungefähr in Zoeys Alter war, meine Schwester war noch nicht ganz fünf Jahre alt. Kurz darauf trank sich meine Mutter in einen frühen Tod, sodass wir vom verwitweten Vater meiner Mutter großgezogen wurden."

„Das tut mir leid", sagte Paisley. „Das muss hart gewesen sein."

„Ja, das kann man wohl sagen. Mein Großvater war ein bitterer Mann, der keine Ahnung von der Kindererziehung hatte, ... schon gar nicht von der eines Mädchens. Die arme Steph hatte nicht den Hauch einer Chance. Und ich konnte ihr auch nicht helfen. Ich bin wirklich die letzte Person, die Zoey braucht."

Diese Offenbarung gab ihr einen Einblick in seine Gedanken und enthüllte, wie tief die Angst war, die ihn quälte. Sie spürte Mitleid in sich aufsteigen. „Es ist schrecklich, dass dir das passiert ist, aber es erklärt nicht dein Verhalten. Du hast doch dasselbe durchgemacht. Du weißt, wie sie sich fühlt und – was noch wichtiger ist – wie sie sich fühlen *wird*, wenn sie älter wird. Siehst du denn nicht, dass du genau die richtige Person bist, um ihr zu helfen?"

„Nicht wirklich. Ich war zwei Jahre jünger als meine Schwester und konnte nur zusehen, wie sie sich gegen alles auflehnte, was mein Großvater tat. Wie hätte es auch anders sein sollen?", fragte er, während er seinen Hut vom Kopf nahm und ihn auf seinem Oberschenkel ablegte. „Jahrelang hat man sich über sie lustig gemacht, wegen ihrer Kleidung und ihrer Haare. Was wusste mein Großvater schon darüber, wie man die Haare eines kleinen Mädchens herrichtet? Nichts. Genauso wie er von nichts anderem eine Ahnung hatte. Mädchen brauchen Anleitung, Verständnis … Steph bekam weder das Eine noch das Andere. Am Ende wandte sie sich den Drogen und dem Alkohol zu und wir verloren sie."

Er war also ungefähr zwei Jahre jünger als seine Schwester gewesen und hatte sich hilflos gefühlt. „Du warst der jüngere Bruder. Du konntest keine Entscheidungen für sie treffen."

„Aber für Zoey kann ich das tun. Ich werde nicht zulassen, dass sich die Geschichte wiederholt."

Er schloss die Augen und lehnte seinen Kopf gegen die oberste Stange der Koppel. Paisley musterte die sandfarbenen Wimpern auf seiner gebräunten Haut. Seine Lippen waren entschlossen zusammengepresst und plötzlich fiel es ihr schwer, diesen Anblick zu ertragen – sie wollte, dass diese Lippen sich zu einem Lächeln verzogen, zu diesem Lächeln, von dem sie eine Gänsehaut bekam – was für unangebrachte Gedanken sie bloß hatte!

„Trace Crawford", stieß sie etwas schärfer als beabsichtigt hervor, angeheizt vom Ärger über ihre Gedanken und sein Verhalten. „Gott macht keine Fehler. Er hat dieses kleine Mädchen in deine Obhut gegeben". Sie drehte sich herum und deutete auf das Haus, in dem Zoey schlief. „Ich weiß nicht, warum du eine solche Kindheit hattest. Ich weiß nicht, warum deine Schwester leiden musste oder warum sie diesen Weg gewählt hat und genauso wenig weiß ich, warum deine Eltern getan haben, was sie taten. Aber eins weiß ich und zwar, dass du nicht eine Sekunde gezögert hast, deine Nichte bei dir aufzunehmen, als du von ihr erfahren hast – und dass trotz all deiner Ängste. Ich bin immer noch dabei, dich kennenzulernen, aber ich …" Sie zögerte, als sie die Wahrheit begriff. „Ich bewundere dich für das, was du getan hast. Jetzt musst du nur noch den sprichwörtlichen Stier bei den Hörnern packen und weitermachen. Verstehst du das?"

Er öffnete seine Augen und sah sie ernst an, studierte ihren Gesichtsausdruck, sagte aber nichts, so als wäre es ihr nicht gelungen, sich diesem Dickschädel begreiflich zu machen.

Paisley runzelte die Stirn. „Verstehst du das nicht? Dieses kleine Mädchen gehört jetzt zu dir. Punkt. Es ist beschlossene Sache. Es gibt kein Zurück. Sie kann nichts für ihre Vergangenheit, so wie du nichts für deine kannst. Aber ihr habt nur euch beide, also gewöhnt ihr euch besser daran."

Er starrte sie weiterhin an und schließlich kräuselten sich seine Lippen ganz leicht und der Sturm in seinen Augen schien etwas abzuflauen, so wie wenn die Sonne langsam durch die Wolken hindurchkommt. „Du bist ein harter Brocken, Paisley Norton", sagte er schließlich. „Weißt du das eigentlich?"

„Das weiß ich", stimmte sie zu. Er hatte keine Ahnung, *wie* entschlossen sie sein konnte.

Unerwarteterweise lachte er plötzlich auf. Es war ein Lachen voller Spannung und Befreiung, beides untrennbar miteinander verwoben. Auseinandersetzung und Hoffnung. „Also", sagte er, nachdem sein Lachen abrupt verstummt war und er wieder ernst geworden war, „denkst du, ich bekomme das hin?", fragte er leise.

„Ja, das tust du."

„Mit deiner Hilfe?"

Die Art und Weise, wie er diese Frage stellte, wie er sie ansah, als er das fragte, verursachte ein warmes Kribbeln in ihrer Brust. Ihr Herzschlag verlangsamte sich … bevor er ungewöhnlich schnell wurde. „Für eine Weile", sagte sie, verwirrt von dieser Empfindung. Sie schluckte und fuhr fort: „Aber am Ende des Sommers werde ich gehen. Ich bin nur hier, um dir dabei zu helfen, vertrauter mit Zoey zu werden. Aber du bist ein Naturtalent und selbst viel wichtiger für Zoeys Leben als ich es bin."

Er richtete sich zu seiner vollen Größe auf und setzte seinen Hut wieder auf. Sie sah ihm dabei zu und fühlte sich seltsam aus dem Gleichgewicht gebracht, während er nun ruhiger zu sein schien und weniger angespannt.

„Ich finde, du untertreibst gewaltig, Paisley. Wenn du nicht hier gewesen wärst, hätte ich schon längst die Flucht ergriffen und wäre ohne anzuhalten direkt bis nach Mexiko gerannt."

Paisley konnte ihren Blick nicht von seinem lösen. „Du würdest niemals einfach so die Flucht ergreifen und weglaufen. Schon gar nicht vor einem kleinen Mädchen, dass dich anhimmelt, seit es dich das erste Mal angesehen hat."

„Denkst du wirklich, dass sie das tut?"

Sie nickte. „Ja, das weiß ich."

„Ich werde dich brauchen", sagte er leise und hielt ihren Blick fest.

Ihr Herz klopfte. „Ich bin doch hier", sagte sie. Und das war sie. Für sie gab es genauso wie für ihn kein Zurück mehr. Sie hatte die Gelegenheit bekommen, für Zoey da sein zu dürfen … und womöglich gelang es ihr ja auch währenddessen, die Ansichten dieses Schafskopfes zu verändern.

KAPITEL SIEBEN

„Wie war euer Tag?", fragte Trace am nächsten Abend, sobald er aus seinem Truck gestiegen und ins Haus gekommen war. Er war mit einer dünnen Staubschicht bedeckt und so wie sein Shirt an seinem Oberkörper klebte, war es offensichtlich, dass er einen anstrengenden Nachmittag in der Sonne verbracht hatte.

Paisley zog die Augenbrauen hoch. „Angenehmer als deiner und sehr viel wohlriechender."

„Das ist gut." Er grinste und zog am Kragen seines Shirts. „Ich habe beinahe den gesamten Tag im Sattel verbracht, also ist es wohl ein Wunder, dass du es überhaupt in meiner Nähe aushältst. Ich bin auf dem Weg in die Dusche. Wo ist Zoey?"

Paisley bedeutete ihm zu folgen und ging den Gang hinunter zu Zoeys Zimmer. Sie legte einen Finger an die Lippen und spähte um die Ecke. Zoey saß in ihrem Zelt und spielte mit den Puppen.

„Wow, sie redet mit ihnen", flüsterte Trace ihr ins Ohr, nachdem sie sich zurückgezogen hatten und zurück in die Küche gingen. Dort strahlte er sie an. „Sie sieht aus, als würde sie sich schon viel wohler fühlen."

„Es geht vorwärts. Wir haben den ganzen Tag über gelesen, gemalt und gespielt. Sie gewöhnt sich ein. Sie hat sogar gefragt, wo ihr Onkel Trace ist."

„Im Ernst?"

Paisley lachte, als sie die Freude in seinem Gesicht sah. „Ja, wirklich. Du warst gestern großartig."

Es stimmte. Als Zoey wieder wach geworden war, war sie quengelig gewesen und hatte sich im Wohnzimmer hinter der Couch versteckt. Als sie versucht hatten, sie dort hervorzuholen, hatte sie angefangen zu schreien. Natürlich hatte Trace das erschreckt. Obwohl Paisley hatte eingreifen wollen, hatte sie sich zurückgehalten und beobachtet, wie Trace mit der Situation umging. Schließlich würde sie nicht über Nacht bleiben und er musste sich allein um Zoey kümmern, wenn sie nachts wach wurde. Gerührt hatte sie mitangesehen, dass er sich zu ihr heruntergebeugt und beruhigend mit ihr gesprochen hatte. Er hatte ihr versichert, dass er sie liebte und gesagt, sie könne hinter der Couch hervorkommen, wann immer sie Lust dazu habe und spielen wolle.

Im Anschluss hatte Trace damit begonnen, eine Furche in den Küchenboden zu laufen, während er darauf wartete, dass Zoey hinter der Couch hervorkam. Paisley hatte versucht, seine Sorgen etwas abzuschwächen und sich mit ihm unterhalten, während sie das Abendessen zubereitete. Da sie ohnehin gerne kochte, hatte sie entschieden, dies als Bestandteil ihrer Stellenbeschreibung anzusehen. Außerdem hatte sie so etwas, worauf sie sich konzentrieren konnte, denn der Drang, diesen besorgten Mann zu umarmen war jedes Mal groß, wenn er wieder an ihr vorbeikam! Sie waren beide erleichtert gewesen, als Zoey schließlich in die Küche gekommen war.

„Komm malen", hatte sie gesagt und Trace' Hand genommen, als wäre nichts passiert. Diese zwei simplen Worte hatten den einfacheren Teil des Nachmittags eingeläutet.

Paisley gestand sich inzwischen ein, dass ihre Wut auf Trace größtenteils verschwunden war. Sie war zwar nach wie vor der Meinung, dass er sich im Unrecht befunden hatte, aber nun, wo sie die Umstände besser verstand, erschien es ihr unnötig, ihre Haltung beizubehalten.

Sie hatte einen großen Teil des Abends damit zugebracht, über ihn und Zoey nachzudenken und hoffte, dass sie ihnen helfen konnte.

Sie erinnerte sich daran, wie sehr sie sich während ihres Gesprächs zu ihm hingezogen gefühlt hatte, schob nun aber diese Gedanken beiseite und weigerte sich, sie sich selbst einzugestehen.

„Ich werde mich mit dem Duschen beeilen", sagte Trace in diesem Moment und holte sie so zurück in die Gegenwart. „Ich möchte mit ihr vor dem Abendessen noch etwas spielen.“

„Ich denke, das ist eine sehr gute Idee“, sagte Paisley und fing damit an, den Salat zuzubereiten.

„Übrigens“, sagte er und blieb an der Tür stehen. „Was auch immer du da kochst, es riecht himmlisch. Wenn du weiterhin für uns kochst, wirst du mich noch verwöhnen.“

Sein Kompliment bereitete ihr lächerlich viel Freude. Sie liebte es zu kochen. Das war schon immer so gewesen und besonders mochte sie es, wenn den Leuten schmeckte, was sie ihnen vorsetzte. „Ich hoffe, du magst es“, sagte sie nur und versuchte, ihre Freude über seine Worte zu verbergen. Sie schalt sich selbst für ihre recht persönlichen Gedanken in Bezug auf diesen Mann und blickte ihm nach, als er den Raum verließ. Dann drehte sie sich wieder um und sah nach dem Essen: es gab Salat, überbackenes Steak und Kartoffelbrei … einfache Hausmannskost. Die meisten Kinder liebten einfaches Essen … genauso wie die meisten Männer.

Sie versuchte nicht, Trace Crawford zu beeindrucken! Das tat sie wirklich nicht. Zwanzig

Minuten später stand sie im Türrahmen und beobachtete, wie er Zoeys Zimmer betrat. Er trug Jeans und ein schlichtes weißes T-Shirt. Auf bloßen Füßen tapste er über den Fußboden. Dieser Mann sah auch mit einem Paar Stiefel gut aus, aber jetzt gerade sorgte seine lässige Kleiderwahl dafür, dass Paisley das Gefühl hatte, eine Szene zu betrachten, die nicht für ihre Augen bestimmt war. Sie war intim, ein Familienmoment! Und sie gehörte nicht zur Familie – und ganz sicher wollte sie auch nicht zu dieser Familie gehören! Trotzdem konnte sie ihren Blick nicht abwenden.

„Zoey", rief er leise, als sie nicht aufblickte, weil sie damit beschäftigt war, ihren Hasen und zwei Puppen in den Armen zu wiegen.

„Onkel", rief sie, dann sprang sie auf und kam mit ausgestreckten Armen aus dem Zelt heraus.

Ein Klumpen bildete sich in Paisleys Hals und sie spürte, wie ihr Tränen in die Augen stiegen, als sie die unverkennbare Freude in Zoeys Gesicht sah. Die Zuneigung, die Zoey Trace gegenüber empfand, konnte man gar nicht übersehen. Was am vorigen Tag mit schüchternen Blicken begonnen hatte, war im Laufe des Nachmittags gewachsen. Trace hatte Paisley heute Morgen erzählt, dass Zoey nachts schlecht geträumt hatte und er sie eine Weile in den Armen gehalten hatte, bis sie wieder eingeschlafen war. Er hatte sogar ganz allein ihre Windel gewechselt! Offensichtlich hatte es Zoey gebraucht, von ihm in den Armen gehalten zu werden, um zu verstehen, dass sie sich bei Trace geborgen fühlen konnte.

Paisley beobachtete, wie er Zoey hochhob und umherschwang, bevor er sie in eine riesige Umarmung zog. Sie erinnerte sich daran, wie er sie selbst so voller Überschwang umarmt hatte. Ihre Haut kribbelte bei diesem Gedanken und augenblicklich begannen ihre Alarmsirenen zu schrillen. Sie durfte nicht zulassen, dass das alles hier zu persönlich wurde. Zwar hatte Trace Rene nicht verletzen wollen, aber das änderte nichts an der Tatsache, dass er genau das getan hatte – was alles zwischen ihnen beiden unmöglich machte.

„Was hat denn mein Mädchen heute Schönes gemacht?“, wollte er wissen und Zoey lehnte sich etwas zurück und sah ihn aus ihren Augen, die den seinen so ähnlich waren, an.

„Passy hat mir das 'erd nicht gezeigt", sagte sie ernst und schüttelte den Kopf, sodass ihre Locken hin und her schwangen.

Scheinbar entsetzt sah Trace Paisley an. „Sie wollte dir das Pferd nicht zeigen?"

„Ist Onkel seins", fügte Zoey mit einem sachlichen Nicken hinzu. „Du musst es zeigen."

Paisley verschränkte die Arme und lehnte sich gegen den Türrahmen, als Verständnis sich auf Trace' Gesicht abzuzeichnen begann. Wenn sie ihre eigenen Gefühle einen Moment beiseiteschob, war es eine Freude, der Unterhaltung der beiden zu folgen. Genau aus diesem Grund hatte sie Zoey das Fohlen noch nicht gezeigt. Sie hatte den Moment, wenn Zoey das Fohlen zum ersten Mal aus der Nähe sah, für Trace aufheben wollen. Paisley hatte ihr ein Buch über Tiere auf dem Bauernhof vorgelesen, in dem es auch um Tierkinder und deren Mütter gegangen war. Sie hatte Zoey erzählt, dass ihr Onkel eine Pferdemama und deren Fohlen besaß und ihr die beiden zeigen würde, wenn er von der Arbeit nach Hause kam.

Das hatte die Kleine nicht vergessen.

Nach dem Abendessen zog Trace ein Paar Socken und Stiefel an und gemeinsam gingen sie zur Koppel. Paisley wusste, dass sie nach Hause gehen konnte – ihre Arbeit war getan. Aber sie wollte unbedingt Zoey und das Fohlen sehen … und Trace, also schloss sie sich ihnen an.

Zoey saß auf Trace' Hüfte und er schien sich wohler zu fühlen, als Paisley es in Anbetracht seines Verhaltens am Vortag jemals für möglich gehalten hätte. Es war erstaunlich, was in ein paar Stunden alles geschehen konnte.

Zu ihrer Überraschung öffnete Trace das Gatter, als sie den Zaun erreichten und ging mit Zoey auf die Koppel. „Hältst du das für eine gute Idee?", fragte sie ihn, bevor sie darüber nachdenken konnte. Sie folgte den beiden und betrachtete die Pferde argwöhnisch.

Über seine Schulter zurückblickend, warf Trace ihr einen erstaunten Blick zu. „Natürlich ist es das. Mabel macht es nichts aus, wenn wir uns ihr Fohlen ansehen. Und Peppy sollte sich inzwischen an mich gewöhnt haben, denn ich habe jeden Tag mit ihm gearbeitet. Ihn bringt also so leicht nichts aus der Ruhe."

Paisley war sich da nicht so sicher, als sie den draufgängerischen kleinen Hengst betrachtete, der mit angelegten Ohren und erhobenem Kopf durch das Gehege tänzelte.

„'erd!", rief Zoey. Ehrfurcht und Unsicherheit zeigten sich auf ihrem Gesicht. Die Pferdemama stupste neugierig mit ihren Nüstern gegen Zoeys Bauch, sodass sich die Kleine überrascht an Trace' Brust drückte.

Er lachte auf und verstärkte den Griff um sie, damit sie sich sicherer fühlte. „Es ist alles in Ordnung. Das ist Mabel. Kann Zoey 'Mabel' sagen?" Er schob das Pferd ein wenig zurück, sodass Zoey sich nicht so bedrängt fühlte, streichelte das Pferd aber weiterhin. Zoey berührte Mabels weiche Nase und kicherte.

Paisleys anfängliche Besorgnis löste sich in Luft auf und sie ging ein paar weitere Schritte in das Gehege hinein, nachdem sie das Gatter hinter sich geschlossen hatte. Trace wusste, was er tat.

„Ich finde, Paisley sollte Mabel auch mal

streicheln. Was hältst du davon, Zoey?"

„Passy 'erd streicheln", verlangte Zoey und erschreckte dann alle inklusive Mabel, als sie dem Pferd plötzlich einen schallenden Schlag auf die Nüstern versetzte.

Die arme Mabel war auf einmal nicht mehr ganz so ruhig. Sie riss den Kopf nach hinten, richtete sich auf und galoppierte mit donnernden Hufen davon.

Trace reagierte augenblicklich, indem er herumwirbelte und sich selbst zwischen Zoey und das Pferd brachte. Es war offensichtlich, dass Zoey nicht in Gefahr war, aber das verängstigte Pferd hatte das Kind so sehr erschreckt, dass es bitterlich zu weinen begann.

„Es ist alles in Ordnung", sagte Trace und versuchte, Zoey zu beruhigen, als Paisley ihnen voran die Koppel verließ.

Er war unaufmerksam gewesen! Er war zu sehr damit beschäftigt gewesen, Paisley dabei zu beobachten, wie sie das Gehege betrat. Die Art und Weise, in der ihr Haar die verblassende Abendsonne eingefangen hatte, hatte ihn abgelenkt.

Er hätte auf Zoey achten sollen. Dafür sorgen, dass sie nichts Unerwartetes tat.

„Mabel wollte dich nicht erschrecken, mein Liebling", versicherte er ihr, dann legte er eine Hand auf ihren an seiner Brust liegenden Kopf und wiegte sie sanft hin und her.

Paisley tätschelte ihren Rücken und beugte ihr Gesicht zu Zoey herunter, damit diese ihr Lächeln sehen konnte. Trace spürte Zoeys Tränen durch sein T-Shirt hindurch.

„Zoey darf das Pferd nicht schlagen", sagte Paisley sanft. „Das Pferd hat Angst bekommen."

Zoey richtete sich auf. „'erd Angst?"

Trace lächelte, als sie ihn mit glitzernden Augen ansah. „Ja", sagte er. „Das Pferd hatte nur Angst."

Zoey lehnte sich zurück und blickte durch die Latten des Zauns. „Tut leid, 'erd. Nicht Angst."

„Es ist sehr nett von dir, dass du dich bei ihr entschuldigst", sagte Paisley und trocknete Zoeys Tränen. Dann blickte sie Trace ernst an.

Er wappnete sich für eine Rüge, schließlich hatte

sie seine Entscheidung zu Beginn in Frage gestellt.

„Mach dir deswegen nicht zu viele Gedanken", sagte sie.

„Ich hätte sie nicht -"

„Lass das, Cowboy. Du hast sie in Sicherheit gebracht. Das Pferd hat nichts gemacht, was ihr hätte schaden können. Es hat nur gewiehert und ist davongelaufen."

„Aber ich -", begann er erneut, wurde aber noch einmal von ihr unterbrochen.

„Trace. Du hast gerade herausgefunden, dass Zoey einen festen Schlag hat, auf den du in Zukunft achten musst. Ich bin ja nur ungern der Überbringer schlechter Neuigkeiten, aber ich kann dir versprechen, dass das nicht die letzte Überraschung ist, die du in den nächsten Tagen erleben wirst. Oder den nächsten Jahren."

Trace fühlte sich, als säße ihm ein Stachelschwein in der Magengrube. Paisley hatte ihm mit ihren Worten helfen wollen, doch sie hatte ja keine Ahnung, dass sie ihn nicht beruhigten. Die Zukunft war genau das, wovor er Angst hatte. Nur die Tatsache, dass sie neben ihm stand, gab ihm etwas Hoffnung. Ein Blick in ihr aufrichtiges Gesicht schenkte ihm neuen Mut. Er nickte ihr zu und zwang sich zu einem Lächeln, um ihr zu zeigen, dass er sie verstanden hatte. Als sie sein Lächeln erwiderte, erstaunte es ihn, wie echt es sich mit einem Mal anfühlte.

KAPITEL ACHT

„Mir gegenüber hat sie Steph bisher nicht erwähnt", sagte Trace am Samstag halblaut. „Hat sie zu dir tagsüber mal irgendetwas gesagt, das darauf hindeutet, dass sie sich an ihre Mutter erinnert?"

Sie hatten das Abendessen beendet und liefen nun die Auffahrt hinunter, um mit Zoey einen Spaziergang zu machen. Für sie war es ein großes Abenteuer, sie lief auf jede Butterblume und jeden Sonnenhut zu, an dem sie vorbeikamen und roch daran. Als Paisley sie beobachtete, überkam sie ein überwältigendes Gefühl der Dankbarkeit dafür, dass sie so sorglos schien und sich derart leicht in ihr neues Leben eingefunden hatte.

„Nichts an ihrem Verhalten hat darauf hingedeutet, dass sie sich an Stephanie erinnert. Aber -", sie machte eine Pause und legte eine Hand auf Trace' Arm. „Im Moment ist das vielleicht auch ganz gut so. Schau sie dir an. In unter einer Woche hat sie bereits so viel erreicht. Ich war in Sorge, dass viele Tage so sein würden wie der erste. Und stell dir vor, sie würde sich an ihre Mutter erinnern und sie schrecklich vermissen, dass würde sie sicherlich ungeheuer traumatisieren. Sie würde sich aufregen und wäre traurig und würde alle diese Gefühle so ausleben, wie sie sie erlebt, so wie Kinder das eben tun."

„Ja, du hast recht." Trace sah hin- und hergerissen aus, während er sie beobachtete. Die Zuneigung zu seiner Nichte stand ihm deutlich ins Gesicht geschrieben. „Ich verstehe, was du meinst, aber egal wie verkorkst Stephanie auch war, ich würde mir trotzdem wünschen, dass Zoey sich an sie erinnert. Ich selbst kann mich auch kaum an meine Mutter erinnern." Er fuhr sich mit der Hand über das Gesicht und schob sich den Hut mit einem Finger aus der Stirn. Er schaute sie bestürzt an. „Ich habe ihr dieses Buch gekauft über die Tierkinder auf dem Bauernhof und ihre Mütter, das sie so sehr mag, weil ich gehofft habe, dass ihr das hilft, sich an ihre eigene Mutter zu erinnern."

Paisley wandte den Blick ab und starrte über die Weide, wobei sie sich darum bemühte, die in ihr aufkeimenden Gefühle zu unterbinden. An diesen Teil seiner Geschichte hatte sie bisher gar nicht gedacht. Ihn als Dreijährigen, dem kaum eine Erinnerung an seine Mutter geblieben war. Ihr Herz wurde noch etwas weicher.

„Ich hatte gehofft, dieses Buch würde ihr irgendwie helfen, sich ihrer Mutter nahe zu fühlen. Verrückt, oder? Sie war erst ein Jahr alt, als ihre Mutter sie das letzte Mal in den Armen gehalten hat … wem mache ich hier eigentlich etwas vor?", fragte er. „Ich weiß nicht einmal, ob Stephanie ihr überhaupt jemals Zuneigung entgegengebracht hat."

„Es tut mir so leid", sagte Paisley. Trace' gequälter Blick berührte sie tief in ihrem Herzen. Sie wollte die

Sorgenfalten auf seiner Stirn glätten, ihm die Zärtlichkeit schenken, die er selbst nicht erfahren hatte, als er aufgewachsen war. Sie wollte ihn umarmen, weil er sich für Zoey wünschte, dass sie eine bessere Kindheit hatte als er selbst.

„Ich finde es wunderbar, was du für Zoey tust" Sie konnte nicht länger widerstehen und berührte ihn am Kinn. „Auch wenn es schwer ist, sich das einzugestehen, aber für Zoey ist es vielleicht besser, wenn sie sich nicht an Stephanie erinnert. Sie lernt dich gerade kennen und sie liebt dich. Die Erinnerung an ihre Mutter würde das jetzt nur verzerren." Was sie da sagte, war hart. Aber es war die Wahrheit und daher fuhr sie fort. „Du hast recht, Zoey war noch sehr jung, als man sie Stephanie wegnahm. Das kannst du nicht ändern, auch wenn du es dir noch so sehr wünschst."

„Du hast recht", sagte er nach einem Moment. „Aber das ist schwer zu akzeptieren."

Dass eine Frau sich so sehr im Drogensumpf verstrickte, dass sie ihr eigenes Kind vernachlässigte, *dass* war schwer zu verstehen. „Zoey hat Glück, dass sie dich hat", sagte Paisley und meinte das auch so. In den wenigen Tagen, an denen sie hier gewesen war, war alles, was sie über ihn zu wissen gemeint hatte, auf den Kopf gestellt worden. Und mit jedem Augenblick, der verstrich, fiel es ihr schwerer, ihre Abwehr aufrechtzuerhalten und sich nicht von Gefühlen übermannen zu lassen.

Zoey kam zu ihnen und reichte Trace eine winzige weiße Blume. Sie strahlte, während sie ihm erzählte, wie hübsch sie war. Dann entfernte sie sich wieder auf der Suche nach weiteren Schätzen und ließ Trace mit der kleinen Blume und einem Lächeln zurück. Gerührt dachte Paisley an die Kinder, die sie selbst eines Tages haben wollte. Sie fühlte sich von Trace angezogen, fasziniert von der Liebe, die sie in seinen Augen sah, wenn er Zoey beobachtete.

Paisleys Herz zog sich zusammen und schmerzte.

Als sie später am Abend aufbrach, fiel es ihr schwer, zu gehen.

Am darauffolgenden Donnerstag war es brechend voll in Sam's Diner, denn es gab Wels, soviel man essen konnte. Paisley strich mit der Hand über ihren Bauch und die kleine Wölbung, die sich im Baumwollstoff ihrer Kleidung gebildet hatte. Um ehrlich zu sein war ihr Magen so voll, dass kein Versuch, ihre Kleidung zu glätten, von Erfolg gekrönt sein konnte. Trace war nicht allzu spät von der der Arbeit heimgekehrt und hatte sie gefragt, ob sie mit ihm und Zoey im Diner essen gehen würde. Zunächst hatte sie Nein gesagt, denn in Anbetracht ihrer schwindenden Entschlusskraft bezüglich dieses Mannes war es einfach so … gefährlich, noch mehr Zeit mit Trace zu verbringen. Doch dann hatte er gesagt, dass er sich noch nicht wohl bei dem Gedanken fühlte, mit Zoey allein in der Öffentlichkeit aufzutreten. Und ihr Widerstand war verflogen, dumm wie sie nun einmal war und sie hatte zugestimmt. Schließlich hatte er sie genau dafür eingestellt. Sie sollte Zoey bei der Eingewöhnung helfen, *richtig*?

Richtig.

Und genau das hatte sie in den vergangenen beiden Wochen getan. Es hatte einige Höhen und Tiefen gegeben und nicht an jedem Tag war alles so schön gewesen wie bei ihrem gemeinsamen Spaziergang mit Zoey. Doch alles in allem schien Zoey ein normales kleines Mädchen zu sein. Sie hatte sie ein paar Mal nach dem Paar gefragt, bei dem sie in den zwei Monaten gelebt hatte, bevor sie zu Trace gekommen war, doch dann schien sie sie zu vergessen. Trace hatte Paisley erzählt, dass sie in dem Jahr, in dem sie in staatlicher Obhut gewesen war, bei drei verschiedenen Pflegefamilien untergebracht worden war. Paisley war Trace so dankbar, dass er Zoey aufgenommen hatte.

Jeden Abend fiel es ihr schwerer, ins Auto zu steigen und Zoey und Trace zu verlassen. Ihr war klar, dass sie ihn falsch eingeschätzt hatte, aber das war auch nicht hilfreich, wenn es darum ging, wie sie zu ihm stand. Egal wie wunderbar dieser Mann auch war, sie konnte sich nicht in ihn verlieben. Allein schon der Gedanke daran sorgte dafür, dass sie das Gefühl beschlich, sie würde Rene hintergehen.

Sie und Rene hatten davon geträumt zu heiraten, nebeneinanderliegende Häuser zu kaufen und ihre Kinder gemeinsam aufzuziehen. Beide hätten sie den

Schleier mit den kleinen Vergissmeinnichtblumen getragen, der seit Generationen innerhalb der Familie weitergegeben wurde. Familie war wichtig. Träume waren wichtig.

Jetzt, da Rene ganz im Norden in Dry Creek, Montana lebte, konnte ihr Traum nur noch wahr werden, wenn Paisley am Ende des Jahres dorthin ziehen würde. Rene hatte erwähnt, gehört zu haben, dass an der dortigen Schule womöglich eine Stelle frei werden würde. Rene vermisste sie ebenso sehr, wie Paisley Rene vermisste. Es war ausgeschlossen, dass Paisley jemals etwas tun würde, was ihre Beziehung belasten würde. Sich in den Mann zu verlieben, der Rene das Herz gebrochen hatte, kam auf gar keinen Fall in Frage, ganz gleich wie es ihrer Kusine heute ging.

„Geht es dir gut?", fragte Trace dicht an ihrem Ohr. Er hatte Zoey aus ihrem Autositz gehoben und Paisley war so sehr in Gedanken versunken gewesen, dass sie nicht bemerkt hatte, dass er hinter ihr aufgetaucht war.

Seinen Atem auf ihrer Haut zu spüren sandte einen

sehnsüchtigen Schauer durch ihre Glieder, welcher sich mit der Hitze vermischte, die sie bereits empfunden hatte, als sie über die gegenwärtige Situation nachgedacht hatte.

„Es geht mir gut", sagte sie bestimmt.

Sein Blick bohrte sich in ihren und sie nahm an, dass er die Unruhe in ihren Augen sehen konnte, als sie ihn über ihre Schulter hinweg anblickte. Trotzdem lächelte er und legte seine freie Hand auf ihren Rücken und dann zog er sie noch etwas dichter, als sie gemeinsam in das überfüllte Diner gingen.

„Bist du sicher?", fragte er. „Du kommst mir nervös oder so vor."

Oh, und ob sie nervös war! Seine Lippen waren nur wenige Zentimeter von ihren eigenen entfernt und die sanfte Berührung seiner Hand auf ihrem Rücken … „Ich bin nur in Gedanken versunken", sagte sie wahrheitsgemäß. „Ich hoffe, Zoey bekommt keine Angst", fügte sie hinzu und konzentrierte sich auf das Mädchen.

„Schaut mal, wen wir hier haben", quietschte Esther Mae und sprang von dem Tisch auf, an dem sie und ihr Mann Hank zusammen mit Norma Sue und deren Mann Roy Don saßen. „Es ist auch wirklich an der Zeit, dass du dieses süße Kind endlich mal mit herbringst“, rügte sie Trace.

„Erschrick sie nicht“, blaffte Norma Sue und schob sich ebenfalls aus ihrer Ecke hervor, um Esther Mae zu folgen.

Trace verspannte sich aus Sorge darüber, wie Zoey wohl auf die ganze Aufmerksamkeit reagieren würde. Alle hatten geduldig darauf gewartet, sie kennenzulernen, weil ihnen klar gewesen war, dass das Mädchen Zeit benötigte, um sich einzuleben.

Paisley wusste nicht genau, warum Trace an diesem Abend entschieden hatte, dass es nun an der Zeit war, Zoey mit allen bekannt zu machen, aber ihr war klar, dass das irgendwann geschehen musste. Auf dem ganzen Weg in die Stadt hatten sie mit Zoey darüber gesprochen, dass sie viele neue Freunde kennenlernen würde. Diese Aussicht schien ihr zu gefallen, sie hatte ihren Hasen in die Luft gehalten und das Wort „Friend“ gesagt.

Nun drückte sie sich in Trace' Arme und studierte

Esther Mae und Norma Sue. Nach ein paar Sekunden patschte sie ihre kleinen Hände auf Trace' Wangen und blickte aufgeregt in seine Augen. „Freunde. Ich keine Angst", sagte sie, als würde sie ihm die Situation erklären müssen. Als wolle sie ihn beruhigen.

„Ohh", summte Esther Mae.

„Wenn das mal nicht eine ganz herzallerliebste Kleine ist", sagte Norma Sue.

Esther Mae nickte zustimmend. „Weißt du, Trace", fügte sie hinzu. „Sie ist dir wie aus dem Gesicht geschnitten!"

Zoey ließ ihre Hände fallen und wandte sich mit einem Lächeln an ihre Bewunderer. „Danke", sagte Trace strahlend. „Aber sie ist viel hübscher als ich."

Das brachte ihm eine Runde Gekicher ein. Paisley beobachtete alle und fühlte sich hin- und hergerissen. Sieh sich nur einer diesen Mann an. Er hatte gedacht, er brauche sie, aber es war offensichtlich, dass er und Zoey alles im Griff hatten.

Und das ist gut so ... richtig?

Richtig, sagte sie sich. Auf jeden Fall, ermahnte sie sich selbst ... nur warum spürte sie dann eine solch irrationale Traurigkeit bei diesem Gedanken?

Sie versuchte, die in ihr widerstreitenden Gefühle zu ignorieren. Donnerstagabends war das Diner voller Einheimischer. Ganz im Gegenteil zu Freitag- und Samstagabenden, wenn man hier eine buntgemischte Truppe aus Einheimischen und Besuchern antraf, die in die Stadt kamen, um die altmodische Theatershow zu besuchen, die in einer renovierten Scheune am Stadtrand aufgeführt wurde. Oder eines der regelmäßig stattfinden Feste. In zwei Wochen würde es wieder eines geben und Paisley dachte, Zoey würde sicher Spaß daran haben. Es gefiel ihr, dass das Mädchen an diesem Abend so gut zurechtkam. Sie fühlte sich nur so … was? Überflüssig?

Sie hatte wirklich Probleme.

„Ihr seht aus wie ein richtiges Paar", bemerkte Sam gegen Ende des Abends, als er vorbeikam, um zu fragen, ob sie noch etwas essen wollten.

Cassie, die wie immer an Donnerstagabenden aushalf und gerade vorbeiging, grinste. „Das tut ihr wirklich", sagte sie.

„Ja", fuhr Sam fort, während er Zoeys Kopf

tätschelte, dann verschränkte er die Arme vor der Brust und sah sie abschätzend an. „Meine Adela hat ein Händchen für so etwas. Wie geht's euch beiden?" Paisley hatte nicht mit so direkten Fragen gerechnet. An diesem Abend sollte es um Zoey gehen … nicht um diese ganze verrückte Kuppelei.

Überraschenderweise tat Trace so, als hätte er nicht verstanden, was diese Aussage bedeutete – dabei war sie sich sicher, dass das der Fall war. Nein, er lächelte sie nur träge und unbefangen an und hielt ihren Blick – und da war etwas in seinem Blick, das zu ihr strebte und sie berührte … und ihr Puls reagierte unverzüglich – und zwar weder träge noch unbefangen – und begann zu rasen!

„Wir hatten einen etwas holprigen Start", sagte er und Paisley versuchte, sich auf seine Worte zu konzentrieren, anstatt auf das olympische Rennen in ihrem Inneren. „Aber inzwischen läuft es sehr gut. Paisley ist unglaublich. Stimmt's, Zoey?"

Zoey saß in einem Hochstuhl und spielte mit einer grünen Bohne, aber auf Trace' Frage hin richtete sie die Bohne auf Paisley und erklärte mit lauter Stimme:

„Passy 'glaublich.“

„Du sagst es, meine Kleine“, stimmte Trace ihr zu, lehnte sich in seinem Stuhl zurück und sah sie mit funkelnden Augen an und einem über das ganze Gesicht gehenden Grinsen, das sie zu necken schien. „Sie ist wirklich unglaublich, da hast du recht.“

Paisley wurde heiß, als sie bemerkte, dass sich alle Augen im Diner auf sie richteten! Wie konnte er nur? Sie bemühte sich um Ruhe und suchte nach einer unverfänglichen Entgegnung. „Ich finde, Zoey ist auch einfach unglaublich“, brachte sie hervor, dann senkte sie den Kopf und warf Trace unter halb geschlossenen Wimpern hervor einen vernichtenden Blick zu. Morgen würden alle über sie reden. Wusste dieser Mann denn nicht, dass jeder diesen einfachen Satz nehmen und ihre Beziehung völlig unverhältnismäßig aufbauschen würde?

Trace warf einen Blick auf Paisley, als sie nach Hause fuhren. Sie war den ganzen Abend über ungewöhnlich still gewesen.

„Habe ich etwas getan, das dich verärgert hat?", fragte er erneut. Und genau wie beim letzten Mal, als er sie das gefragt hatte, ignorierte sie ihn. Frauen – er verstand sie einfach nicht.

Er hatte es für eine gute Idee gehalten, abends gemeinsam auszugehen. Dass sie das irgendwie auf einen Pfad bringen würde – nun ja … einen Pfad in Richtung … mehr. Er wollte mehr und dachte, er hätte Anzeichen dafür bemerkt, dass sie ihre Meinung über ihn geändert hatte. Das *Mehr* eine Option war.

Er fand, dass sie gut miteinander auskamen. Inzwischen hasste er es, wenn sie abends nach Hause fuhr und das hatte nichts mit Zoey zu tun. Er wollte Paisley besser kennenlernen. Und nachdem er sich die ganze Woche den Kopf über diesen Umstand zerbrochen hatte, hatte er beschlossen, dass der heutige Abend einen guten Vorwand bot, um herauszufinden, ob es ihr genauso ging.

Offensichtlich hatte er sich geirrt.

Sobald das Auto zum Stehen gekommen war, stieg sie aus und lief auf ihr eigenes Auto zu. Er warf einen Blick auf die Rückbank des Trucks, sah, dass Zoey immer noch tief schlafend in ihrem Kindersitz saß und folgte dann Paisley.

„Warte, Paisley. Komm schon, sag mir, was ich falsch gemacht habe." Er kam neben ihrem Auto zum Stehen.

„Trace, es ist schon spät, es war ein langer Tag. Eine lange Woche Ich muss nach Hause." Sie öffnete die Autotür. „Du weißt, dass ich ein eigenes Zuhause habe, oder?"

Er trat einen Schritt zurück. „Sicher", sagte er. „Klar, weiß ich, dass du ein Zuhause hast. Ich meinte nur …"

„Ich weiß, was du *meinst*, Trace. Aber mach dir keine Sorgen, du kannst Zoey allein aus dem Sitz heben und ins Bett bringen. Dafür brauchst du mich nicht mehr. Wir sehen uns morgen früh."

Sie verschwendete keine weitere Zeit und fuhr so eilig davon, dass der Kies aufstob, als sie ihre alte Karre aus der Einfahrt lenkte. Er nahm seinen Hut ab und schlug ihn gegen sein Knie. „Das war es nicht, was ich gemeint habe", sagte er laut und verwirrt, als er ihre Rücklichter in der Nacht verschwinden sah.

KAPITEL NEUN

„Ich muss die Zäune auf dem hinteren Teil des Grundstücks überprüfen. Ich möchte, dass ihr mit mir kommt, es ist eine hübsche Strecke und so könnte ich etwas mehr Zeit mit Zoey verbringen", sagte Trace am nächsten Tag.

Als Paisley am Morgen zur Arbeit gekommen war, hatte sie angenommen, ihr Verhalten der vergangenen Nacht erklären zu müssen. Aber Trace war in Eile gewesen und hatte kaum lange genug innegehalten, um ihr zu sagen, dass Zoey gut geschlafen hatte. Sie hatte gemischte Gefühle wegen seines überstürzten Aufbruchs gehabt. Es war zwar eine Erleichterung, keine Fragen beantworten zu müssen, aber sie befürchtete, dass sie das dann am Abend würde nachholen müssen, wenn er nach Hause kam. Stattdessen hatte er den Vorschlag eines gemeinsamen Ausflugs gemacht.

„Das klingt großartig", sagte sie und versuchte erfolglos, sich ihre Anspannung nicht anmerken zu lassen.

„Großartig!", rief er, dann zog er Zoey in seine starken Arme und ging auf den Truck zu.

Sein Verhalten verblüffte sie. Sie wollte ihm sagen, dass sie wütend auf ihn war, weil nun jeder, der gestern Abend im Diner gewesen war, darüber spekulieren würde, was zwischen ihnen vor sich ging.

Sie wusste, dass sie sich auf gefährliches Terrain begab, wann immer es um diesen Mann ging. Es war egal, wie häufig sie sich selbst daran zu erinnern versuchte, dass zwischen ihnen nichts sein konnte und es fiel ihr unglaublich schwer, sich davon abzuhalten, sich in diesen Mann zu verlieben. Auf keinen Fall brauchte sie darüber hinaus auch noch Gerüchte von außen – und dieser kleine Ausflug war auch nicht gerade hilfreich.

Sie stieg in den Wagen, während Trace Zoey in ihren Kindersitz setzte und festschnallte. Er erzählte ihr alles über das Abenteuer, das sie erleben würden. Paisley hörte ihm zu und hätte beinahe gelächelt – es war herzerwärmend, wie er mit ihr umging. Sie griff nach ihrem Gurt und beschloss, nicht schwach zu werden.

„Ich hätte die Tür für dich geöffnet, wenn du eine Minute gewartet hättest", sagte er, dann sprang er zu ihr ins Auto und ließ den Motor an.

„Ich kann die Tür ganz allein öffnen."

„Ich habe nie gesagt, dass du das nicht kannst. Du bist Respekt einflößend." Er lächelte sie neckend an.

„Oh, genau das wünscht sich jede Frau zu hören."

„Hey, das habe ich als Kompliment gemeint. Du bist in der Lage, alles zu tun, was du tun willst", sagte er. „Aber eigentlich meinte ich, dass du trotz deines jungen Alters schon so viel über Kinder weißt. Wie ist es dazu gekommen?"

Sie sah ihn von der Seite an. „Du stellst komische

Fragen." Dieser Mann verblüffte sie immer wieder.

Er zuckte mit den Schultern. „Wahrscheinlich bin ich ein merkwürdiger Mann. Aber mal im Ernst, woher weißt du das alles?"

„Ich habe auf viele Kinder aufgepasst, als ich jünger war." Fast hätte sie noch hinzugefügt, dass die meisten Leute genauso viel über Kinder wussten wie sie, aber das hätte ihn nur in seiner Vermutung bestätigt, wie wenig Ahnung er von diesem Thema hatte.

„Ich wette, du warst ein Naturtalent", sagte er und steuerte den Truck auf einen Feldweg. Er sah kurz zu ihr herüber, dann drückte er einen Knopf und das Fenster öffnete sich. Zoey jauchzte vor Freude, als frische Luft hereinströmte und ihre Locken über ihre kleine Stirn wirbelten.

Paisley griff nach hinten und wackelte mit dem Fuß der Kleinen, was sie zum Kichern brachte. „Ich habe Kinder schon immer sehr gemocht."

„Hast du dich deswegen dazu entschieden, Lehrerin zu werden?" Okay, offenbar war heute Paisley-Kennenlerntag. Das war gar nicht gut.

„Ja. Und außerdem würde mir dieser Beruf später eine gewisse Flexibilität in Bezug auf meine eigene Familie erlauben. Eine eigene Familie ist mir sehr wichtig. Und Rene auch." Wenn er es so wollte, konnte sie die Karten auch offen auf den Tisch legen. „Rene und ich hatten geplant, eines Tages nebeneinander zu wohnen und unsere Kinder gemeinsam großzuziehen, so wie es bei uns war. Wir besitzen sogar gemeinsam einen wunderschönen Schleier, den uns unsere Großmutter vererbt hat." Paisleys Kehle wurde eng. „Wir standen uns schon immer sehr nahe."

Aus dem Augenwinkel heraus sah sie, wie sich seine Stirn unter dem Hut in Falten legte und seine Lippen zu einem dünnen Strich wurden. Sie fragte sich, was er dachte.

„Und dann bin ich gekommen und habe alles vermasselt." Er hielt neben einer niedrigen Scheune an.

Sie hörte deutlich das Bedauern in seiner Stimme, fand aber keine Freude daran, das Thema erneut zur Sprache gebracht zu haben. „Nun, Rene ist jetzt sehr glücklich", sagte sie und dachte darüber nach, ihm zu erzählen, dass sie mit Rene über einen möglichen Umzug nach Dry Creek gesprochen hatte – aber das war zu persönlich. Sie wollte jetzt nicht darüber reden und schon gar nicht mit ihm.

„Was machen wir jetzt?", fragte sie stattdessen und warf einen Blick auf die Scheune.

Er stieg aus und ging nach hinten zu Zoey. „Jetzt haben wir etwas Spaß."

Sie musste nicht unbedingt Spaß mit Trace haben, dachte sie, als sie ihm einige Augenblicke später in die Scheune folgte. In der Mitte des Gebäudes standen ein Traktor und ein Quad. Trace ging zu Letzterem und schwang ein Bein hinüber, so als würde er in den Sattel seines Pferdes klettern. „Steig auf", sagte er und ließ Zoey vor sich auf den Sitz sinken.

„Wir fahren alle drei mit diesem Ding?"

Er grinste über seine Schulter hinweg zu ihr und seine Augen funkelten schelmisch.

„Jepp."

Das war gar nicht gut. „Aber ist das denn sicher?"

„Ha, da sieht man mal wieder, wie sehr ich dich brauche. Beinahe hätte ich es vergessen. Halt mal die

Kleine fest", sagte er und rutschte vom Sitz.

Erstaunt beobachtete sie, wie er zu seinem Truck ging und zwei Helme daraus hervorholte, einer davon ein winziger rosafarbener. Er hatte an alles gedacht! Die Helme bedeuteten, dass dies kein spontaner Ausflug gewesen war. In Mule Hollow bekam man nicht einfach so einen pinken Helm.

„Schau nicht so geschockt drein. Ich möchte kein Risiko eingehen", sagte er, als er zu ihnen zurückgerannt kam. „Einen für Zoey und einen für dich, wenn du willst."

Sie war sprachlos. „Und du denkst, du wärst kein guter Vater."

Er sah zufrieden aus. „Ich habe eine gute Lehrerin."

Plötzlich überkam sie ein Gefühl wilder Vorfreude. Sie nahm den kleinen Helm und lächelte, als Zoey ihr zublinzelte, als sie ihn ihr auf den Kopf setzte. „Den musst du tragen. Schließlich müssen wir gut auf dich aufpassen, junge Dame", erklärte sie und zog den Riemen fest zu.

„Aber du wirst einen Riesenspaß haben, das

verspreche ich", sagte Trace. „Möchtest du Spaß haben?", fragte er über Paisleys Schulter, sodass ihr ganz flau im Magen wurde, weil er ihr plötzlich so nahe war. Zoey nickte und griff nach dem Lenkrad, während sie gleichzeitig Motorengeräusche ausstieß.

„Hört sich so an, als ob die Kleine soweit ist", sagte Trace und grinste sie an, dann schwang er ein Bein über den Sitz und machte es sich bequem. „Spring rauf, dann geht's los."

„Geht's los!", ahmte Zoey ihn nach. Trace lächelte sie an, sodass sie eine Gänsehaut bekam und blickte sie herausfordernd an.

Sie beäugte den verbliebenen Rest Sitz hinter ihm und erkannte, dass sie nicht nur sehr dicht hinter ihm sitzen würde, sondern sich sogar an ihm festhalten musste. Eine Mischung aus Erheiterung und Ärger überkam sie. Was sollte sie tun? Sie holte tief Luft und tat dann das, was sie tun wollte – sie kletterte hinter Trace auf den Sitz und schlang die Arme um seine schmale Taille.

Sie beschloss, nicht weiter über all die Gründe nachzudenken, warum sie das besser nicht tun sollte.

Ein paar Augenblicke später fuhren sie mit angenehmer Geschwindigkeit über die Weide. Zoey lachte im Fahrtwind und auch Paisley war kurz davor, ihrer Freude auf dieselbe Art und Weise Ausdruck zu verleihen.

„Wie geht es dir da hinten?", fragte Trace und warf ihr über seine Schulter hinweg einen Blick zu.

„Großartig", sagte sie. „Das macht Spaß!"

Er zwinkerte ihr zu. „Ich selbst mag es auch", sagte er und richtete seinen Blick wieder auf den Weg vor ihnen, bevor er weitersprach. „Halte dich einfach gut an mir fest und lass nicht los."

Paisley tat, was er gesagt hatte und genoss den Augenblick.

„Hase!", quietschte Zoey, worauf Trace ihr Gefährt nach rechts lenkte und dem grauen Kaninchen folgte, das über das Feld hoppelte. Zoey lachte und Paisley verstärkte ihren Griff um Trace' Taille, als dieser das Fahrzeug durch unwegsames Gelände steuerte. Es fiel ihr beunruhigend leicht, alles außer den Augenblick zu vergessen.

„Du scheinst das häufiger zu machen", sagte sie.

Sie fuhren ein Gefälle hinunter, sodass ihr Kinn immer wieder gegen seine Schulter stieß.

„Das tue ich, aber normalerweise fahre ich keine Umwege, so wie wir es gerade tun." Der Hase war im Unterholz verschwunden und nun folgten sie dem Verlauf eines ausgetrockneten Baches. Als sie an eine Weggabelung kamen, hielten sie an.

„Ich glaube, ich kenne ein kleines Mädchen, das seine Füße liebend gern in das Wasser dort drüben tauchen würde", sagte er.

Zoey stimmte ihm zu, also stieg Paisley ab und sah zu, wie Trace das gleiche tat. Der Gedanke, dass sie aussahen wie eine glückliche Familie, die einen besonderen Augenblick genoss, kam von ganz allein. Ihre Arme sehnten sich danach, sich erneut um ihn zu legen, ihr Herz forderte das Recht darauf ein – was dachte sie da bloß? Es gelang ihr nicht, ihre Gedanken wieder unter Kontrolle zu bringen, als sie Trace und Zoey in Richtung Bach folgte.

„Runter mit den Schuhen", sagte Trace und setzte Zoey auf einem flachen weißen Stein ab. Zoey jauchzte, ließ sich auf den Bauch fallen und berührte die Wasseroberfläche. Paisley spürte, wie Trace' Lachen sie einhüllte und in ihren Geist sickerte, als gehöre es dorthin.

Nein!

Ihre Finger zitterten, als sie aus ihren Schuhen schlüpfte. Sie schloss die Augen und betete, dass der Herr ihr helfen möge. Dass er bitte verhindern mochte, dass sie sich etwas wünschte, das sie nicht haben konnte.

Trace trug nicht gerade dazu bei, denn nun zog er seine Stiefel und Socken aus, rollte seine Jeans hoch und nahm Zoey an der Hand, die quietschend und plantschend mit ihm durch das knöcheltiefe Wasser watete.

Anstatt ihnen zu folgen, ließ sich Paisley auf dem Felsen nieder und ließ ihre Füße ins Wasser baumeln.

„Komm zu uns", rief Trace und streckte seine Hand aus. Er sah so anziehend aus, dass sich ihre Zehen unter der Wasseroberfläche kringelten.

Sie schüttelte den Kopf. „Ich schaue euch zu. Verbringt etwas Zeit miteinander", sagte sie. Aber ihre Worte dienten mehr der Erinnerung an sie selbst, dass es hier um Trace und Zoey ging.

Es ging hier nicht um sie. Dafür liebte sie Rene zu sehr – wie oft musste sie sich das noch ins Gedächtnis rufen. Trace und Zoey gaben gemeinsam ein wunderschönes Bild ab, wie sie da so im Wasser standen – er mit seinen hochgerollten Jeans und sie, die ihm kaum bis zu den Knien reichte. Paisley dachte, dass sie wohl demnächst an Sauerstoffmangel sterben würde, wenn sie noch länger den Atem anhielt. Trace' fröhlicher, erwartungsvoller Blick verdüsterte sich leicht und sie wusste, dass er erkannt hatte, dass sie mit etwas rang. Sie konnte ihm bloß nicht mitteilen, was genau das war.

„Spiel mit mir", sagte Zoey, zog an seiner Hand und sah zu ihm auf.

Gott segne sie. „Spiel mit ihr", wiederholte Paisley. Sie sah, wie sich sein Kiefer anspannte, während er sie forschend ansah. „Okay", sagte er. „Aber später werden wir uns unterhalten."

Aha, *jetzt* wollte dieser Mann reden!

„Fisch!", rief Zoey aus … und Paisley war für den Moment gerettet, weil Trace sich mit seiner Nichte an die die stürmische Verfolgung eines vorbeischwimmenden Barsches machte.

Der Fisch entkam, aber Trace' Aufmerksamkeit galt nun wieder Zoey. Er schien sich damit abgefunden zu haben, dass Paisley auf ihrem Felsen sitzen blieb und so beobachtete sie, wie die beiden auf der Suche nach Schätzen Hand in Hand den Bach hinauf und hinunter staksten. Paisley sah ihnen zu und fühlte sich deprimiert.

Jedes Mal, wenn Zoey einen ungewöhnlich geformten Stein entdeckte, jauchzte sie und brachte ihn stolz zu Paisley. Einer von ihnen sah beinahe aus wie ein Herz und Paisley konnte nicht anders als sich den kleinen Stein in die Tasche zu schieben, um ihn als Erinnerung an diesen wunderschönen Nachmittag zu behalten.

Auf der Rückfahrt zur Scheune fuhr Trace mit einer Hand, mit der anderen hielt er eine schläfrige Zoey an sich gedrückt. Paisley hielt sich an ihm fest. Das hätte sie nicht gemusst, da sie sehr langsam unterwegs waren, aber sie tat es trotzdem. Sie fuhren schweigend. In Paisleys Kopf schwirrten zu viele widersprüchliche Gefühle umher, als dass sie sich unterhalten wollte und auch Trace schien irgendetwas zu beschäftigen.

Als sie schließlich die Scheune erreicht hatten, hüpfte sie sofort von ihrem Sitz, weil sie wusste, dass sie etwas Abstand benötigte. Dieser würde ihr helfen, wieder klar zu denken.

Es war erst einen Monat her, seit er vor ihrem Haus aufgetaucht war und sie gebeten hatte, ihm zu helfen. Einen Monat!

Es war doch unmöglich, dass ihre Gefühle für ihn mehr waren als eine Schwärmerei und Respekt für die Art und Weise, wie er sein Leben führte. Unmöglich.

Das war es, was ihr Verstand ein ums andere Mal wiederholte. Aber sie hatte aufgehört, rational zu denken, wenn es um Trace ging und das wusste sie.

Sie liebte ihn.

Auf einmal wusste sie es mit der Klarheit des weiten, wunderschönen texanischen Himmels, unter dem sie den ganzen Nachmittag über umhergefahren waren.

Sie wäre am liebsten in Tränen ausgebrochen.

Paisley hatte immer angenommen, dass es sich wunderbar, besonders und friedlich anfühlen würde, wenn sie sich verliebte. Dass ihr alles auf einmal richtig vorkommen würde. Doch als sie nun auf den Truck zueilte und hineinstieg, spürte sie keinen Frieden. Sie trommelte mit dem Fuß gegen den Fahrzeugboden und beobachtete, wie ihr Trace mit der schlafenden Zoey auf dem Arm aus der Scheune folgte. Ihr kleines Gesicht schmiegte sich an seinen Hals, ein winziger Arm hing um seine Schultern.

Paisley legte eine Hand auf ihr Knie und brachte das Klopfen ihres Fußes zum Schweigen, doch dasselbe gelang ihr nicht mit dem Klopfen ihres Herzens. Genauso wenig sah sie eine Lösung.

Sie hatte sich in den Mann verliebt, der ihrer Kusine das Herz gebrochen hatte.

KAPITEL ZEHN

Paisley schlüpfte aus dem Haus, während Trace Zoey zu Bett brachte. Sie wollte eine weitere Konfrontation wie die vom vorherigen Abend vermeiden, außerdem konnte sie gerade nicht mit ihm sprechen.

Sie war todtraurig und weinte auf dem gesamten Weg nach Hause. Wie hatte es nur soweit kommen können?

Sie ging in ihrer Küche auf und ab, was sie an Trace erinnerte und sie fragte sich, ob er wohl in seinem Haus das Gleiche tat.

Als sie schließlich zu Bett ging, rechnete sie nicht damit, dass sie bald einschlafen würde und tatsächlich gelang ihr das erst in den frühen Morgenstunden. Als ihr Wecker sie weniger als zwei Stunden später weckte, zwang sie sich entschlossen dazu, aufzustehen.

Sie hatte einen Job. Und den würde sie erledigen.

Heute würde sie ihre Beziehung zu Trace wieder auf Kurs bringen.

„Morgen", sagte Trace, als sie in die Küche kam. Paisley schluckte und versuchte, ihre Nerven zu beruhigen.

Trace lehnte mit verschränkten Armen an der Theke. Seine grauen Augen waren so dunkel, dass sie beinahe schwarz wirkten und voller Fragen, als er ihr dabei zusah, wie sie ihre Handtasche auf den Tisch legte.

Die Luft knisterte vor Anspannung.

„Hat Zoey gut geschlafen?", fragte sie.

„Wie ein Stein. Hör mal, Paisley…" fing er an, hielt dann aber inne. „Was tun wir hier?"

Paisleys Nerven zitterten. „Wir sorgen dafür, dass du das permanente Sorgerecht für Zoey bekommst", sagte sie und versuchte, die Unterhaltung wieder in sichere Bahnen zu lenken.

„Und das andere?"

„Da ist nichts anderes, Trace", sagte sie mit unbewegter Stimme. Sie spürte einen Anflug von Schuld, als sie sah, wie sich Überraschung auf seinem Gesicht ausbreitete.

„Ich verstehe." Er stieß sich von der Theke ab und ging zur Tür. Sie erkannte, dass sie ihn verärgert hatte. „Es wird ein langer Tag", sagte er, nahm seinen Hut vom Haken und blickte zu ihr.

Sie konnte sehen, dass sich seine Brust hob und senkte. Der Rhythmus entsprach dem ihres eigenen Herzschlags. „Ich werde etwas vom Abendessen für dich aufheben", brachte sie heraus und versuchte, sich nichts anmerken zu lassen.

Eine unangenehme Stille breitete sich zwischen ihnen aus … unausgesprochene Fragen hingen in der Luft.

Trace drehte sich auf dem Absatz herum und setzte sich seinen Hut auf den Kopf, aber anstatt das Haus zu verlassen, stand er einfach nur da. Paisley bemerkte seine angespannten Schultern und die steife Haltung. Sie wollte, dass er ging, wusste, dass es das Sicherste war, wenn er durch diese Tür trat. Aber seine Hand verharrte auf dem Fliegengitter.

Paisley stockte der Atem, als er plötzlich herumschwang und auf sie zustürmte.

Sie dachte noch kurz über eine Flucht nach, doch dann lag sie in seinen Armen. Zu ihrer Schande schloss sie die Augen, als sich seine Lippen auf ihre herabsenkten. Er hob seine Hände und verflocht sie mit ihren Haaren, während sie ihre Arme um seinen Hals schlang, als könnte sie ihm nicht nahe genug sein. Sie spürte, wie sich seine Muskeln unter ihren Fingerspitzen anspannten und die Berührung seiner Lippen sorgte dafür, dass ihre Welt außer Kontrolle geriet. Zärtlichkeiten und Gefühle verwoben sich miteinander und die Luft im Raum schien knapp zu werden. Es fühlte sich an, als würde Paisleys Herz davonschweben … und gleichzeitig brechen.

Das durfte nicht passieren, dass wusste sie. Sie drückte leicht gegen seine Schultern und zog sich zurück.

Als er sie losließ, sah er genauso benommen aus, wie sie sich fühlte. Sein Hut war zu Boden gefallen und er beugte sich herab. Paisley sah, dass seine Hand zitterte, als er danach griff.

„Ich hoffe, ich habe nicht gerade den größten Fehler meines Lebens begangen", meinte er, bevor sie etwas sagen konnte. „Wir müssen reden, wenn ich nach Hause komme. Und das meine ich ernst, Paisley." Er berührte ihre Wange und ging durch die Tür.

Sie zuckte zusammen, als er die Tür hinter sich schloss. Aufgewühlt stand sie inmitten der Küche, bis sich das Geräusch seines Wagens in der Ferne verlor. Ein Plan. Dieser Gedanke kam ihr, als sich ihr Puls beruhigte. Sie war mit einem Plan durch diese Tür hereingekommen und das gerade … das machte es nur umso wichtiger, dass sie sich wieder an ihren Plan hielt.

Sie griff nach ihrer Tasse Kaffee, nahm einen großen Schluck der heißen Flüssigkeit und hoffte, dass sie dadurch wieder zu Sinnen kommen würde.

Trace Crawford hatte sie geküsst. Und sie hatte

seinen Kuss erwidert.

Doch das änderte gar nichts. Änderte nichts an ihrem Plan. Einem Plan, den sie eine Stunde später in die Tat umzusetzen begann, als sie mit ihrem Auto in die Stadt fuhr. Pete, der Besitzer des Gemischtwarenladens, stand vor seinem narzissengelben Geschäft und war in eine angeregte Unterhaltung mit Applegate und Stanley vertieft. Die beiden Schachspieler mussten ihren Vorrat an Sonnenblumenkernen aufgebraucht haben und waren wahrscheinlich hier, um ihn wieder aufzufüllen – das kam Paisley gerade recht.

„Hey, Männer", rief sie, als sie aus dem Auto stieg und Zoey vom Rücksitz holte. „Pete, ich bin hergekommen, um alle deine Pflanzen zu kaufen!"

„Wofür brauchst du alle seine Pflanzen?", fragte Applegate, sein runzliges Gesicht fragend in Falten gelegt.

„Zoey, erzähl doch Mr. Thornton, warum wir einen Blumengarten wollen." Zoey wackelte mit ihrem lockigen Kopf und ihre Augen wurden ganz groß.

„Blumen sind sön.“

Stanley grinste, sodass sich seine fülligen Wangen hoben. „Jepp“. Er zwickte Zoey in den Zeh. „Aber sie sind nicht mal annähernd so hübsch wie du, junge Dame.“

Zoey schenkte ihm ein breites Lächeln.

Pete, der sich nicht ausstechen lassen wollte, knipste eine Rose aus dem Strauch, der neben ihm eingetopft auf dem Bürgersteig stand und reichte sie Zoey. „Die ist für dich, Schätzchen“, sagte er und grinste, als sie ihn mit einem strahlenden Lächeln bedachte. „Riecht die nicht toll?“, fragte er.

„Riecht guuuut“, krähte Zoey und vergrub ihre Nase in der rosafarbenen Blüte.

Alle kicherten und Paisley wurde klar, dass Zoey die ganze Stadt in Kürze um ihren kleinen Finger gewickelt hätte. „Ich möchte für Zoey einen Ort schaffen, den sie erkunden und an dem sie Schmetterlinge und Kolibris beobachten kann.“

„Klingt nach einer guten Idee“, sagte Applegate, dann spielte er an seinem Hörgerät herum und passte gleichzeitig die Lautstärke seiner Stimme an. „Aber in diesem Auto ist nicht gerade viel Platz."

„Ihr wollt wahrscheinlich zu Sam hinübergehen und Schach spielen, aber könnt ihr mir vielleicht vorher helfen, die Blumen und Gartenutensilien zu Trace' Haus zu bringen?"

„Klar können wir das", sagte Stanley. „Ich denke, das ist genau das, was der Arzt mir verordnen würde."

App nickte zustimmend und studierte Paisley mit durchdringendem Blick. „Außerdem ist es sehr romantisch."

„Hey, ich habe hinten noch eine Holzbank stehen", sagte Pete. „Und sogar eine Vogeltränke. Möchtest du die auch kaufen?"

Paisley stand der Sinn nicht nach Romantik. Sie hatte schon genug Probleme, aber die Bank und die Vogeltränke wären schön für Zoey und Trace. „Ich nehme sie."

„Ich werde meinen Truck hier ranfahren und dann können wir ihn beladen", sagte App. „Verdammt, wir könnten dir sogar etwas beim Graben helfen."

Paisley ging das Herz auf. „Danke", sagte sie. „Okay Pete, dann zeig uns mal, was du da hast."

Trace hatte den ganzen Tag daran gedacht, was wohl geschehen würde, wenn er nach Hause käme. Er hatte nicht vorgehabt, Paisley am Morgen zu küssen, aber nachdem er den größten Teil der Nacht wachgelegen und sich eine gemeinsame Zukunft mit Paisley ausgemalt hatte, war es einfach passiert.

Wenn er sie damit mal nicht verjagt hatte.

Als er Zuhause eintraf, war nichts, wie er es erwartet hatte. Paisley stand mit einer Schaufel in der Hand in einem neu angelegten Blumenbeet, das sich über die gesamte Länge der Veranda erstreckte.

Wenn Paisley einmal etwas beschlossen hatte, dann zog sie es durch. Das war etwas, das er wirklich an ihr liebte.

„Was wird das?", fragte er und schwang eine schmutzige Zoey in seinen Armen umher, nachdem sie auf ihn zu gerannt war.

Paisley stand an der Seite. Sie hatte ihr Haar zu

einem Pferdeschwanz zusammengebunden, über eine ihrer Wangen zog sich ein Streifen Schmutz und ihre Knie waren dreckig, weil sie im Beet gekniet hatte.

„Du hast unglaublich viel geschafft", sagte er und widerstand dem Drang, sie zu berühren, während Zoey sich aus seinem Griff wand und zu den Ringelblumen rannte.

„Ich dachte, dir und Zoey würde es gefallen, Blumen zu pflücken und Schmetterlinge und Kolibris beobachten zu können."

„Was für eine großartige Idee", sagte er. Unfähig, sich zurückzuhalten, hob er eine Hand und strich mit dem Daumen den Schmutz von ihrer Wange. Er liebte es, wie sich ihre weiche Haut unter seiner Berührung anfühlte. „Du weißt, was ich sagen will. Danke", sagte er leise und wollte sie noch einmal küssen, wusste aber, dass er sie heute Morgen überrascht hatte und er es nun langsam angehen musste.

Dass sie sich nicht bewegt hatte, als er ihre Wange berührt hatte, ließ ihn noch vorsichtiger werden. Sie sah ihn aufgewühlt an, sodass sein Herz vor Sorge schneller zu schlagen begann. Was dachte sie? Hatte er alles vermasselt, was womöglich zwischen ihnen hätte sein können? Sie strich sich mit ihrem Gartenhandschuh eine Haarsträhne aus dem Gesicht.

„Du musst mir nicht danken. Ich mache nur meinen Job. Ich hatte einen tollen Tag. Ich habe mit Zoey das Beet umgegraben und gepflanzt. Dir wird es auch Spaß machen."

Er machte einen Schritt auf sie zu. Er konnte Applegate praktisch hören, der ihm zuraunte, wie dumm er war. Aber das hier war lächerlich.

„Whoa, Cowboy", sagte sie. „Bleib genau dort stehen. Und denk nicht mal daran, das von heute Morgen zu wiederholen."

Er schob seine Daumen in die Gesäßtaschen seiner Jeans, um sich selbst daran zu hindern, nach ihr zu greifen. „Du weißt, wie großartig ich dich finde, nicht wahr?" Er musste die Dinge zwischen ihnen ändern. Sie musste damit aufhören, ihn von sich wegzuschieben.

„Hör auf damit."

„Paisley, es tut mir leid, dass ich dich aus heiterem Himmel geküsst habe. Ich weiß, dass ich das nicht hätte tun sollen."

Sie leckte sich nervös über die Lippen. „Sieh mal", sagte sie und drückte eine Hand gegen ihren Bauch. „Ich habe dich falsch eingeschätzt, Trace. Ich finde, du bist wunderbar … aber das mit uns würde nicht funktionieren."

Er legte seine Hände auf ihre Schultern. „Es kann funktionieren."

Wenn sich zwei Menschen lieben.

In seinem Kopf begann sich alles zu drehen, als er in ihren Augen las, was ihm sein Bauchgefühl bestätigte – seine törichte Tat in der Vergangenheit fiel ihm nun erneut auf die Füße. Er wusste es, bevor sie es bestätigte.

„Nein. Kann es nicht. Familie bedeutet mir alles, Trace. Alles. Verstehst du das nicht? Rene ist meine Familie."

Lieber Gott, betete er leidenschaftlich. *Bitte lass nicht zu, dass mich ein einziger Fehler Paisleys Liebe kostet.* „Ich werde alles tun, was nötig ist, um diese Sache aus der Welt zu schaffen. Mit Rene reden, wenn sie ein Problem mit mir hat. Ich werde auf Knien um

Verzeihung bitten, wenn ich muss. Paisley, ich liebe dich.“

Sie keuchte und ihre Augen bewölkten sich. Einen Augenblick lang dachte er, er hätte sie umgestimmt, doch dann sah sie ihn traurig an und berührte zärtlich seine Wange. „Ich habe beschlossen, am Ende des Sommers nach Dry Creek zu ziehen“, sagte sie und ging einen Schritt zurück.

„Was? Umziehen?“, fragte er. „Wie kommst du denn darauf?“

Sie verschränkte die Arme vor der Brust, ein deutliches Zeichen der Verteidigung. „Ich vermisse Rene. Sie ist die nächste Verwandte, die ich habe und ich möchte in ihrer Nähe sein. Ich will, dass unsere Kinder gemeinsam aufwachsen.“

Trace spürte, wie Zorn in ihm aufwallte. Niemals hätte er gedacht, dass er mal im Wettstreit mit einem Kindheitstraum liegen würde. „So ist das also“, sagte er, um einen ruhigen Ton bemüht. Er drehte sich so, dass Zoey, die am anderen Ende der Veranda mit ihren Puppen spielte, ihn nicht hören konnte. „Also ist das alles hier – Zoey, ich – wirklich nur ein Job für dich.“

„Natürlich nicht. Du weißt, dass ihr mir wichtig seid …“

„Darauf kannst du wetten“, erwiderte er scharf und warf alle Zurückhaltung über Bord. „Das sehe ich daran, wie du Zoey anschaust. An all den kleinen Dingen, die du tust, die nicht Teil der Jobbeschreibung sind. Du liebst Zoey. Du …“ Er ließ den Kopf hängen, dann richtete er sich wieder auf und legte alles auf den Tisch. „Du siehst mich genauso an, wenn du nicht darauf achtest.“ Sie atmete scharf ein. „Du liebst mich, Paisley. Deine Familie ist hier. Zoey und ich sind deine Familie. Ich liebe dich, Paisley Norton. Du kannst das nicht alles wegwerfen, nur weil ich einen Fehler gemacht habe.“

Sie drehte sich abrupt von ihm weg und ging über den Platz. Er folgte ihr. „Rene ist glücklich“, sagte er. „Nach allem, was ich in der Stadt gehört habe, hat Rene den Mann ihrer Träume geheiratet. Ich verstehe nicht, warum du denkst, dass sie ein Problem mit mir hat. Sicher kann sie meine Sorge um Zoey nachvollziehen und anerkennen, dass ich einen törichten Fehler gemacht habe, dass es aber nicht meine Absicht war, sie so zu verletzen, wie ich es getan habe."

Paisley stand mit dem Rücken zu ihm und schwieg. „Paisley. Du kannst mir das nicht vorwerfen. Bis jetzt warst du mir gegenüber immer ehrlich in Bezug auf deine Gefühle und ich habe dich deswegen respektiert. Deswegen verstehe ich dich jetzt nicht. Ich verstehe es wirklich überhaupt nicht."

Sie drehte sich um und starrte ihn an. „Du willst die Wahrheit wissen? Bitteschön, hier ist sie. Ich glaube, dass du dir sosehr eine Familie für Zoey wünschst, dass du dir einbildest, in mich verliebt zu sein. Wahrscheinlich würdest du das über jede Frau denken, die du für diesen Job eingestellt hättest."

„Was?"

„Schau mich nicht so an, als wäre ich verrückt. Du weißt, dass es stimmt. Das alles ging viel zu schnell. Erst Rene, dann ich. Du glaubst, du hättest nicht das Zeug dazu, Zoey allein großzuziehen, deshalb brauchst du eine Frau. Aber Trace, du bist Zoey ein wunderbarer Vater und du brauchst keine Frau, die dir sagt, was zu tun ist. Du musst niemanden heiraten, nur damit Zoey eine Mutter bekommt. Bei dieser Entscheidung sollte es um dich gehen."

„Das alles ist *so* falsch", sagte er, betäubt von der Vorstellung, dass sie wirklich glaubte, was sie sagte. „Darum geht es doch gar nicht."

„Du vergisst, dass ich die Angst in deinen Augen gesehen habe, als es um dieses Kind ging."

„Ich liebe dich", wiederholte er. Er fuhr sich mit der Hand durch die Haare. „Das ist lächerlich. Das kannst du nicht ernst meinen."

Sie verschränkte die Arme und hob ihr störrisches Kinn. „Ich habe dir von Anfang an gesagt, dass ich das alles für Zoey tue. Dass ich dir helfen würde, zu lernen, auf sie achtzugeben und genau das tue ich… aber eigentlich brauchst du mich gar nicht. Du bist ein Naturtalent. Und das Beste, was du für Zoey tun kannst, wäre es, einen Moment inne zu halten und an dich selbst zu denken." Ihr Blick wanderte zu Zoey und Tränen traten ihr in die tiefgrünen Augen. „Vielleicht solltest du unter den gegebenen Umständen jemand anderen für den Rest des Sommers finden."

Er kämpfte darum, ruhig zu bleiben. „Du kannst

nicht einfach kündigen." Sein ganzes Leben lang hatten ihn Leute im Stich gelassen. Diese Erkenntnis hinterließ frostige Spuren in seinem Herzen. Vielleicht konnte er auch Paisley nicht davon abhalten zu gehen, aber so leicht gab er nicht auf. „Du hast zugesagt, den Sommer über für mich zu arbeiten und ich erwarte, dass du dein Wort hältst." Er blickte mit kalter Entschlossenheit in ihre feuchten Augen.

Sie blinzelte ungläubig.

„Du hast mich richtig verstanden", stellte er fest. „Ich nehme dich beim Wort. Und ich werde dir beweisen, dass ich dich liebe."

„Warum bist du so entschlossen, das alles schwieriger zu machen, als es sein muss?"

„Ich bin *entschlossen*, alles zu tun, was nötig ist, um für meine Familie zu kämpfen."

Sie schluckte. Blinzelte. Trat von einem Fuß auf den anderen. Sie liebte ihn. Nichts konnte ihn vom Gegenteil überzeugen.

Und unter keinen Umständen gäbe er das auf.

„Ich muss gehen", sagte sie und stürmte mal wieder zu ihrem Auto. „Sag Zoey, dass wir uns morgen früh sehen.“

Das Beben in ihrer Stimme hätte ihm Schuldgefühle einjagen können, doch das tat es nicht. Er ging zur Veranda zurück und hob Zoey hoch. Sie hielt ihr Lieblingsbuch in der Hand und lächelte ihn an, als er sie in die Arme schloss.

„Wink Paisley zum Abschied zu“, sagte er und drehte sich mit dem Rücken zu Paisley, damit Zoey ihr zuwinken konnte. Er wollte, dass sie Zoeys süßes Gesicht sah. Um ihr in Erinnerung zu rufen, was sie aufgeben würde.

Zoey winkte und eine blasse Paisley winkte durch das Fenster ihres Autos zurück, bevor sie die Einfahrt hinunterfuhr.

Lag er falsch? Sollte er vielleicht einfach aufgeben und es ihr leicht machen, aus ihrer beider Leben zu verschwinden?

Er schloss die Augen, vergrub sein Gesicht in Zoeys lockigem Haar und atmete ihren wunderbar süßen Duft ein.

Lieber Gott, bitt lass mich dieses Mal alles richtig machen. Bitte zeig mir den nächsten Schritt.

Zoey bewegte sich unruhig in seinen Armen und erinnerte ihn daran, dass sie das Wichtigste für ihn war. Er warf einen letzten Blick auf die Einfahrt, dann drehte er sich um und trug die Kleine hinein. „Zeit für ein Bad", sagte er und zwang sich zu einem fröhlichen Tonfall.

Zoey plapperte auf dem ganzen Weg die Treppe hinauf und erzählte ihm von dem Abenteuer, das sie heute mit Passy erlebt hatte. Er hörte ihr zu und fühlte sich elend, lächelte aber über ihre Geschichten, als er sie badete. Dreißig Minuten später war Zoey sauber, roch nach Baby-Shampoo und Feuchtigkeitscreme und trug ihren bequemen Schlaganzug. Sie griff nach ihrem Lieblingsbuch.

„Lesen", sagte sie gähnend. Sie hatte einen langen Tag gehabt und Trace wusste, dass sie nicht mehr lange durchhalten würde. Er spürte zumindest ein gewisses Maß an Zufriedenheit, setzte sich mit Zoey in den Schaukelstuhl und öffnete das Buch. Er hatte ihr das Buch über Tierkinder in der Hoffnung geschenkt, ihrem Gedächtnis etwas auf die Sprünge zu helfen ... aber das hatte er inzwischen aufgegeben. Doch Zoey liebte dieses Buch, die umgeknickten Seiten bewiesen das deutlich. Er legte seinen Finger auf die erste Seite, doch anstatt mit dem Vorlesen zu beginnen, wanderten seine Gedanken zu Paisley. Zoey seufzte und legte einen kleinen Finger neben seinen. Sie zeigte auf die Frau des Bauern.

„Passy, Mama."

Bei diesen Worten hörte Trace auf zu schaukeln und sein Herz begann zu rasen. „Was hast du gesagt?", fragte er vorsichtig.

„Passy, Mama", wiederholte sie. „'erd ist Mama Fohlen. Katze ist Mama Kätzchen", sagte sie stolz und zeigte auf das Pferd und dann auf die Katze, bevor sie grinste und auf sich selbst deutete. „Passy ist Mama Zoey."

KAPITEL ELF

Paisley legte den Hörer auf und wischte ihre Tränen fort. Es war erst eine Stunde her, seit sie Trace und Zoey verlassen hatte und trotzdem kam ihr die Zeit unendlich lang vor. Sie schnappte sich ihre Schlüssel, öffnete die Haustür und eilte die Treppe hinunter zum Eingang. Verblüfft stellte sie fest, dass Trace gerade die Einfahrt hochgelaufen kam.

Entschlossen sah er sie an. „Wir müssen reden. Jetzt.“

„Wo ist Zoey?“, fragte sie alarmiert, als sie zu seinem Truck hinüberblickte und sah, dass der

Kindersitz leer war.

„Norma Sue passt auf sie auf." Er trug keinen Hut, stattdessen fuhr er sich mit einer Hand durch die sandfarbenen Locken und holte tief Luft. „Was ich zu sagen habe, kann ich nicht sagen, wenn sie dabei ist und ich kann auch nicht bis morgen damit warten."

„Worum geht es?"

„Du bist gefeuert", sagte er so fest, als wäre er Donald Trump. „Darum geht es."

„Bitte, was?"

Er überwand die Distanz zwischen ihnen. „Ab sofort wirst du nicht mehr für mich arbeiten."

„Oh", war alles, was Paisley hervorbrachte, so geschockt war sie.

„Mir ist klargeworden, dass du recht hattest, als du gesagt hast, ich wäre so sehr damit beschäftigt, eine Mutter für Zoey zu finden, dass ich das Gesamtbild aus den Augen verloren habe. Du hattest auch recht damit, dass, wenn ich Zoey geben möchte, was sie braucht, zunächst selbst wissen muss, was ich will. Was *ich* brauche. Das hast du doch gesagt, oder?", fragte er.

„So in etwa, denke ich", sagte Paisley und war

immer noch nicht in der Lage zu begreifen, dass er sie entlassen hatte. „Du hast mich *gefeuert*", sagte sie ungläubig. Soviel dazu, dass er sie liebte!

„Hey, das ist das einzige, was ich unter diesen Umständen tun kann. Zoey wurde schon zu oft hin- und hergereicht. Zuerst war sie bei Stephanie und dann bei all diesen Pflegefamilien. Und dann bringe ich auch noch dich ins Spiel – es muss emotional verwirrend für sie sein, dass ständig Leute in ihrem Leben auftauchen, die dann wieder verschwinden. Nachdem du gegangen bist, ist etwas passiert, das mir klargemacht hat, dass ich etwas ändern muss. Es geht nicht, dass jetzt du zu uns kommst und wenn die Schule wieder losgeht, jemand anderes. Nicht in ihrem Fall. Das wird sie verletzen, wenn ich es jetzt nicht korrigiere."

„Was willst du tun? Und was ist passiert, nachdem ich gegangen bin?"

Er blickte sie durchdringend an, dann hob er eine Hand und legte seine Fingerspitzen an ihre Schläfe. Paisleys Welt wurde auf den Kopf gestellt, als er zärtlich mit seinem Daumen an ihrem Gesicht entlangstrich und ihre Wange berührte. Paisley blickte in diese liebgewonnenen, wunderschönen Augen und konnte nicht atmen.

„Du hast geweint", sagte er leise und sie spürte, wie sein Atem ihre Haut berührte.

Sie nickte und bemerkte, dass sie erneut kurz davorstand, in Tränen auszubrechen. „Ich habe gerade mit Rene telefoniert. Aber bitte sag mir zuerst, was geschehen ist."

„Das werde ich. Bist du dir sicher, dass es dir gut geht?"

Sie nickte, überwältigend glücklich darüber, ihn zu sehen… und zum ersten Mal ohne quälende Schuldgefühle. „Wir hatten ein gutes Gespräch."

„Hast du Rene gefragt, wie sie über mich denkt?"

„Nein. Das habe ich sie nicht gefragt."

Er ließ die Hände sinken, Verbitterung machte sich auf seinem Gesicht breit. „Also hast du ihr gar nicht die Gelegenheit gegeben, dir zu sagen, dass sie über mich hinweg ist. Dass ich für ihr künftiges Glück keine Rolle spiele und du mich heiraten kannst."

Paisley hatte das Gefühl, ihr Herz würde jeden

Moment explodieren. „Du glaubst, das hätte sie gesagt?"

„Dessen bin ich mir sicher. Die Rene, die ich kennengelernt habe, war zwar zornig, als sie die Stadt verlassen hat, ist aber nicht die Art Frau, die nachtragend ist und sich in ihrem Groll vergräbt. Auch wenn sie sich nicht inzwischen verliebt hätte. Das weißt du, oder? Tief in deinem Inneren, jetzt wo du darüber nachgedacht hast."

Er hatte recht. Sie war so dumm gewesen. Sie wollte ihn in ihre Arme ziehen. „Genau das hat sie gesagt."

„Wirklich?"

„Wirklich, aber ich habe sie nicht angerufen, um sie zu fragen, was sie über uns beide denkt. Ich hatte mich bereits entschieden, was ich tun würde, bevor ich sie angerufen habe."

„Wirklich?", fragte Trace erneut, als wären ihm die Worte ausgegangen.

„Wirklich", sagte sie lächelnd. „Bist du denn gar nicht neugierig?"

Er nickte. „Du spannst mich absichtlich auf die

Folter.“

Sie lachte leise. „Dann lass mich das beenden. Ich habe sie angerufen, um ihr zu sagen, dass mein Herz für Zoey und dich schlägt und ich hierbleiben werde.“

Trace warf seinen Kopf zurück und stieß einen Freudenschrei aus, dann zog er sie in seine Arme und wirbelte sie herum. Sie liebte es, wenn er das tat! Paisley lachte vor Erleichterung und Glück an seinen Lippen. Auf diesen Moment hatte sie seit einer Ewigkeit gewartet wie ihr schien.

Als die Welt aufhörte, sich zu drehen und er seine Lippen von ihren löste, starrte sie ihn an und schlug ihn leicht gegen den Arm. „Aber du hast mich *gefeuert*.“

Er grinste und seine Augen funkelten wie Onyx. „Nur weil du ein Problem mit dem Gedanken zu haben schienst, dass ich eine Mutter für Zoey anstellen wollte. Ich dachte mir, die einzige Möglichkeit, das Problem zu beheben, bestünde darin, dich zu entlassen. Ich wollte dir zeigen, dass ich dich an erster Stelle als meine Frau will. Und dann als Mutter für Zoey.“

Sie strahlte. „Was für ein *schöner* Gedanke.“

Seine Daumen strichen über ihren Nacken. „So bin ich eben. Romantisch“, flüsterte er, dann nahm er ihr Gesicht in seine Hände und sah sie ernst an. „Jetzt, wo du offiziell arbeitslos bist, Paisley Norton, wirst du mich nun *bitte* heiraten?“

Paisley seufzte und schmiegte sich an ihn. „Mein Traum wird wahr. Und nur damit du es weißt, ich möchte von ganzem Herzen Zoeys Mutter sein. Ich weiß, dass du möchtest, dass sie sich an Stephanie erinnert und ich verstehe das – sie ist ihre Mutter. Ihr Fleisch und Blut ...“

Er brachte sie mit einem weiteren Kuss zum Schweigen und sie wusste, dass er sie verstand.

„Zoey liebt dich und sie hat dazu beigetragen, dass ich dir gefolgt bin, denn sie hat mir unmissverständlich klargemacht, dass du ihre Mama bist.“

Paisley verstummte und wusste, dass sie sich jeden Moment in ein heulendes Etwas verwandeln würde. „Hat sie das wirklich gesagt?“

Er warf ihr dieses besondere Lächeln zu, von dem sie immer eine Gänsehaut bekam und seine Augen funkelten. „Das hat sie gesagt. Und es auch so gemeint." Er küsste sie erneut, ihre Lippen, ihre Augen, ihre Wangen. „Wie lange müssen wir warten, bis wir heiraten können?", fragte er. „Bitte sag mir nicht, dass du auf eine lange Verlobungszeit bestehst. Aber die Entscheidung liegt bei dir. Ich werde warten", fügte er hastig hinzu und brachte sie vor Freude zum Lachen.

„Oh, Trace." Wie sehr liebte sie diesen Mann! „Sind zweiundsiebzig Stunden okay für dich?" Sie sah, wie sich seine Augen ungläubig weiteten.

„Ist das dein Ernst?"

Sie nickte, sie war mehr als bereit, diesen Cowboy zu heiraten! Er sah so aufgeregt aus wie ein Kind und wollte sie gerade erneut hochheben – dieser Mann liebte es, sie umherzuwirbeln und sie beklagte sich nicht darüber – doch dann hielt er inne.

„Was ist mit deinem Hochzeitsschleier?"

Sie schlang ihre Arme um seinen Hals und zog ihn an sich. Sie spürte, wie ihre Herzen im Gleichtakt schlugen, genauso wie es sein sollte. „Heute Nachmittag hast du mir gesagt, dass du mich liebst. Und auf dem Heimweg ist mir einiges klargeworden und ich begriff, dass ich Rene anrufen muss. Gleich morgen früh versendet sie den Schleier per Expresszustellung.“

Trace lehnte seinen Kopf zurück und lachte und das heisere Geräusch ließ ihren Puls höherschlagen. „Ich liebe dich so sehr“, sagte er, dann nahm er sie auf seine Arme und ging mit ihr auf seinen Wagen zu.

„Hey, Cowboy. Wohin genau gehen wir?“, fragte sie und wusste, dass sie mit ihm überall hingehen würde, als sie ihre Arme fest um seinen Nacken legte. Sie würde ihren Wirklichkeit gewordenen Traum niemals aufgeben. Sie war unendlich dankbar und konnte es kaum glauben.

„Nach Hause. Es gibt da ein furchtbar niedliches Mädchen, das dir etwas sehr Wichtiges zu sagen hat.“

Mama. „Wenn das so ist, können wir dann bitte etwas schneller laufen?“

„Nein“, sagte er, verlangsamte seinen Schritt und schloss sie fester in die Arme. „Dieser Moment gehört mir.“

„Oh, Trace“, seufzte Paisley und lehnte ihre Stirn an seine. „Dann nimm dir alle Zeit der Welt.“

Er blieb stehen und sah sie mit so ernsten Augen an, dass ihr der Atem stockte. „Das werde ich. Du bist die Erfüllung all meiner Wünsche, Paisley."

Paisley schickte ein stilles Dankeschön zum Himmel, als sie das Gesicht ihres Cowboys mit beiden Händen umfasste und ihn von ganzem Herzen küsste. Dieser Moment gehörte tatsächlich ihnen und sie hatte nicht die Absicht, ihn zu vergeuden. Diesen nicht und keinen zukünftigen.

Weitere Bücher von Debra Clopton

Windswept Bay
Von Diesem Moment An
Irgendwo Mit Dir
Mit Diesem Kuss & Für Immer Und Ewig
Warten Auf Liebe
Mit Diesem Ring
Mit Diesem Versprechen

Die Cowboys von Mule Hollow Serie
Liebe Mich, Cowboy
Tanz Mit Mir, Cowboy
Immer Ärger mit Lacy Brown
… plus Baby macht fünf
Mein Herz gehört dir, Cowboy

New Horizon Ranch Serie
Ein Cowboy für Maddie
Ein Cowgirl für Rafe
Ein Cowgirl für Chase
Ein Cowgirl für Ty
Eine Familie für Dalton
Eine Tierärztin für Treb
Maddies geheimes Baby
Ein Cowgirl für Austin

Die Cowboys von Ransom Creek
Ihr Cowboy-Held (Vorgeschichte)
Braut zu mieten
Cooper
Shane
Vance
Drake
Brice

Über die Autorin

Die Bestseller-Autorin Debra Clopton hat bereits über 2,5 Millionen Bücher verkauft. Ihr Buch OPERATION: MARRIED BY CHRISTMAS soll sogar als ABC Familienfilm verfilmt werden. Debra ist bekannt für ihre modernen Westernromanzen, texanischen Cowboys und temperamentvollen Heldinnen. Romantik und eine Prise Humor werden immer miteinander verflochten, um den Leser zum Lächeln zu bringen. Als Texanerin in sechster Generation lebt sie mit ihrem Ehemann auf einer Ranch im Herzen von Texas und freut sich immer über Zuschriften von ihren Lesern.

Besuche Debras Website unter
debraclopton.com/deutsch

Melde dich für ihren Newsletter
www.subscribepage.com/KostenloseTexascowboyromantik

Triff sie auf Facebook unter
www.facebook.com/debra.clopton.5

Folge ihr auf Twitter unter @debraclopton

Kontaktiere sie unter debraclopton@ymail.com